海盜船上的花——著

牙醫偵探

網紅迷蹤

目次

第一章—智齒之謎

「好痛———」稚嫩的哀號聲劃破診間，診療椅上的小女孩蠕動掙扎，上下排牙齒就往嘴裡的指頭大力咬下。

診療椅後方的醫師迅速縮手，在千鈞一髮之際躲過第一次的攻擊。小女孩的手跟著伸了上來，胡亂揮舞，筆直朝醫師的鼻孔戳來。

段仕鴻頭往上抬，閃過了第二次的攻擊。他還來不及開口，第三波攻擊立刻襲來，這一次卻是避無可避———

「啊———」一高頻率的音波攻擊充斥診間，震得他耳膜刺痛。他忍住摀住耳朵的衝動，放下探針，升起診療椅，盡可能讓臉上保持鎮定。

一旁的助理小潔卻再也忍受不住，用手指塞住耳朵。女孩的媽媽衝了過來，抱緊女兒，輕輕撫摸著她的頭髮。

段仕鴻脫下手套，拍拍身上的藍色刷手服，隱藏在口罩後是一張剛毅瘦削的臉。尖叫聲還在持續，他開始覺得聲音刺痛到太陽穴。

終於在尖叫聲停止之後，女孩媽媽的第一句話就是：「是不是很痛？」

段仕鴻在心裡搖了搖頭，那是不可能的。因為，探針根本還沒碰到她的牙齒。

「嗯，很痛。」女孩說。

段仕鴻嘴角抽動了一下。他挪動椅子，轉身再看一次病歷紀錄。記得這個小女孩曾經補過不少顆蛀牙，都是可以配合的狀況，怎麼今天偏偏失控了？

然後，他看見了關鍵字——爸爸。

「伊慈今天怎麼了？之前爸爸帶來好幾次都很乖呢！」段仕鴻明知故問。很明顯的，爸爸在家是扮黑臉，媽媽是白臉。所以跟爸爸來看診時都聽話得不得了，輪到媽媽時，因為知道媽媽最會心疼她，就開始要小心機了。

「我不知道，她平常都很乖的。會不會是太痛了？」媽媽說：「慈慈，你乖，媽媽等下買冰淇淋給你。」

「不要，不要，好痛。」女孩說。

「你乖，聽話，你最聽話了。」

「不要——」

眼見女孩即將再次尖叫，段仕鴻趕緊插話說：「伊慈今天可能精神比較不好，不然就下次吧？」

「可是……」媽媽面露猶豫。

「不然伊慈這樣也很辛苦、很不舒服。」段仕鴻說。

這招果然奏效，媽媽一聽就心軟，說：「好吧，那就下次吧。」

「下次可以請爸爸一起來。爸爸在的時候，伊慈好像比較勇敢。」段仕鴻說。

「我知道，只是爸爸最近比較忙。晚上都沒什麼時間，有時候十一、二點才回家。」媽媽說。

「噢，你們都辛苦了。」段仕鴻說。

「沒辦法，孕婦殺手搞得大家都不太敢出門。他們市政府每天都在開會，還常常有孕婦跑去服務處抗議。忙都快忙死了。」

一提到「孕婦殺手」四個字，段仕鴻就心中一沉，不自覺皺起眉頭。最近三個月裡，接連三個孕婦在郊區被殺害，時間多在深夜，犯案手法雷同。兇手持短刃朝肚子瘋狂連刺，直到被害人流血過多而死。

段仕鴻結婚一年多，家裡有個即將臨盆的老婆。儘管已經請了產假，但老婆還是堅持每天晚上去公園散步，她說必須保持運動，對她和寶寶都好。

想到這裡，段仕鴻瞥了一眼螢幕上的約診表，九點十九分，下一個洗牙病人看來是不會來了。那麼他可以提早結束，去公園接范琬如，然後再一起去今晚朋友酒吧的開幕派對。

小潔客客氣氣的告知病人診療結束，請到櫃檯等待。段仕鴻走進二樓的休息室。休息室不大，棕色的沙發幾乎佔據了整個空間，牆邊擺放著一張電腦桌和全診所的監視螢幕。

沙發上坐著一個人，撫摸著大肚子，對他露出微笑。

「你怎麼來了？」段仕鴻的喜悅寫在臉上。

「等你呀。」范琬如說。

「不是說晚上別在外頭走動，我會去接你的嗎？」段仕鴻說。

「沒事啦，外面那條街挺熱鬧的。」

段仕鴻坐到她身側，摟著她的肩膀，說：「看見什麼怪人沒有？」

「嗯……我想想，一個小男孩在玩流浪狗，一個小女孩打翻了冰淇淋，被爸爸媽媽罵，還有一對吵架的情侶。」范琬如說：「喔！還有一個男人——」

「什麼男人？」段仕鴻說。

「他真的很怪……」

「他怎麼了？」段仕鴻坐直身體。

「他正在聽我說話。」范琬如說著笑了起來。段仕鴻瞪著她，作勢要捏她鼻子。

就在此時，桌上的電話響起，是一樓的櫃檯助理房依靜打來的。

段仕鴻伸手接起，說：「下班了。」

「我也想。」房依靜壓低聲音，說：「但是有個現場病人，她說我們九點半才關門，堅持要掛號。」

段仕鴻瞧了一眼監視器螢幕，畫面顯示房依靜坐在櫃檯，面站著一個年輕女子，正對著她大聲咆哮。聲音透過話筒傳了過來：「你們明明九點半才打烊，現在就想關門？到底有多偷懶啊？」

「不是啊，如果餐廳九點半關門，你會九點二十分衝進去坐下嗎？」房依靜說。

「那不一樣。我只是牙痛，又不是上菜，看一下很快的。」女子說。

「快不快是醫師決定的，不是你。」房依靜說。

「我哪裡痛，我很清楚。只是看一下而已，有什麼好小氣的？」

房依靜顯然被惹惱了，說：「沒有看一下這回事。不管什麼病人，我們都是要掛號、找病歷，放上消毒後的牙科器械，等你坐上診療椅就過七、八分鐘了。只剩三分鐘看診，時間到就起來，你要嗎？」

女子用力拍桌，大聲說：「你是什麼態度？你故意不讓我掛號，在這裡跟我囉哩八嗦拖時間，小心我把你們po上網。」

眼見她們吵得不可開交，段仕鴻用力吐出一口氣，拉了一下醫師袍，往樓下走去。

范琬如勾住他的手臂，說：「她一定是牙齒很痛了，你就幫她看一下吧。」

段仕鴻愣了一下，然後點點頭說：「我知道了。」

他有些擔心，琬如自從懷孕以後，簡直愛心大爆發。在路上遇到流浪貓、流浪狗，都會提議帶牠們回家，有一次甚至帶了一隻病懨懨的跛腳狗回來，快把段仕鴻急壞了。

他走進診間，年輕女子翹腳坐在診療椅上，左手撐著臉頰，右手高舉著手機自拍。

她身穿粉紅色的斜肩背心，露出細瘦的手臂，小腹卻微微隆起，腿上的黃色迷你裙搭配黑色網襪，躺在診療椅上的鞋根足足有十公分高。段仕鴻可以想像踩到腳趾會有多痛。

「等一下，我快好了。」她按了上傳鍵，然後抬起頭，說：「我牙齒痛。」

段仕鴻打量著她，年輕的臉龐卻塗抹著濃妝，燻黑的眼底上撒了薄薄一層亮粉，兩支耳朵上掛滿銀色的卯釘狀耳環。看來是個個性非常強烈的病人，他不禁多了幾分謹慎。

「哪個位置痛？」他戴上手套，坐到滑輪椅上，快速掃描過病人基本資料：周鈺扉，現年二十一歲，上次看診日期是三年前。

「這裡。」她指著右邊下方的臉頰。

「痛幾天了？」段仕鴻說。

「不知道，很久了。」

段仕鴻在心裡翻了個白眼。痛很久了，代表有大把時間可以來看診，卻偏偏選擇在診所關門前衝進來。

「那我們先檢查口內。」他降下診療椅，才剛拿起口鏡，病人身體就抖了一下。

「等……等等，你要看了嗎？」

「對啊。」他另一隻手拿起探針，病人的手立刻抓了上來。

段仕鴻反應極快，手往後縮，躲掉了這突如其來的攻擊。現在他帶著防備的眼神打量她，又一個具有「攻擊性」的病人。

病人的手僵在空中，指著探針的尖端，說：「那……那是什麼？」

如果是小朋友，他可能會耐心的解釋這是「小牙籤」，不會痛不要擔心。但眼前是個成年人了，所以他只是說句「探針」，就繼續手上的動作。

病人的頭歪向左側，說：「這……這個會戳到我嗎？」

「小姐，你有要看診嗎？如果你要看的話，就要配合我，手不要上來，頭不要動。」段仕鴻說：「不然我就要請你起來了。」

病人想說些什麼，最後吞了一口口水，張開嘴巴。

段仕鴻快速巡一圈，口腔狀況勉強算可以。連成一片的牙結石顯示她的確許久沒看牙齒，右下角的智齒長歪了，形成水平阻升齒，和第二大臼齒中間蛀了一個大洞，塞滿了食物殘渣。周圍牙齦高高腫起，輕輕一碰就滲出血來。

「你的智齒和第二大臼齒蛀了一個大洞，很有可能都已經蛀到神經，還有很嚴重的牙齦發炎。」段仕鴻說：「智齒要拔掉，大臼齒可能要做根管治療。」

「要拔智齒？不，不不不——」病人用力搖頭，然後說了那句最常被拒絕的問句：「能不能補起來就好？」

「不行。」段仕鴻語氣堅定，將器械放在鐵盤上，升起診療椅，說：「我們先去拍一張X光片，看看蛀牙的狀況。」

病人低下頭，囁囁嚅嚅說了些什麼。

「不好意思，你說什麼？」段仕鴻將耳朵貼近一些。

病人提高音量，說：「我說，懷孕能拍X光片嗎？」

「噢……你懷孕了。」段仕鴻和站在一旁的小潔對看了一眼，小潔拉下口罩，用誇張的嘴型表示：「還沒結婚。」

段仕鴻回過頭，說：「幾個月了呢？」

「我不知道，大概……兩……嗯，三或四個月吧？」

「你不知道嗎？」段仕鴻說，心裡亮起了紅燈。懷孕了那麼久卻沒去產檢，其中必定有隱情。性生活混亂、地下情、被強暴等等字眼浮現眼前，他努力想分析出哪一種最有可能。

病人撥了一下瀏海，說：「有差嗎？」

「懷孕的話，就不建議你做太侵入性的治療，我會先開止痛藥給你。」他將椅子滑向後方，開始書寫病歷註記：「易怒，個性強烈，極怕看牙。懷孕中，卻不確定懷孕多久……」

他的筆尖驟然停了下來，因為他看見三年前的註記：「今日治療：拔除右下水平智齒。病人從打完麻藥就睡著了，醒來後稱讚醫師技術很好。」

右下智齒，已經在三年前被拔除了？那剛剛看到的牙齒是怎麼回事？

他猛然轉過頭來，望著診療上的病人，從這個角度能看到她正在瀏覽自己充滿自拍的個人頁面。彷彿感受到他的目光，病人放下手機，歪頭看著他，說：「怎麼了嗎？」

「我必須確定一下。」段仕鴻說。

難道是他搞錯了？他上次報錯了拔牙牙位？他點開以前的根尖X光片，有兩張右下智齒術前術後的黑白影像，第一張可以看見右下智齒橫躺在畫面裡，牙冠頂著右下第二大臼齒；第二張則看見……智齒已經被完整拔除了，骨頭裡留下一個大洞。

是的，他拔過這顆牙齒，千真萬確。

那麼，眼前這個人，怎麼又有同一顆智齒要拔？

「怎……怎麼了嗎？」病人將瀏海撥到耳前，遮住半邊臉頰，另一隻手緊緊握著手機。

段仕鴻不答，打開了每個病人初診時都會拍攝的環口放射影像，這裡記錄了全口牙齒的狀況。

這一打開，答案瞬間一目了然。

環口放射影像顯示好幾顆牙齒補過大型填補物，兩顆上顎正中門牙被假牙牙冠包覆，而智齒也只剩下右下角那顆而已。

相較於眼前病人，補過的牙齒完全對不起來，門牙沒有做過假牙，而口內甚至還能看見四顆智齒。

眼前這個女孩，和三年前的病人，用著同一張健保卡，牙齒卻顯示是完全不同的人。

段仕鴻深吸一口氣，緩緩的說：「這是你的健保卡嗎？」

「講什麼廢話！」病人霍然站起，將包包的背帶甩到肩上，說：「什麼爛醫生，不想看就不想看，在那邊問些什麼鬼？浪費時間。」

「你叫周鈺扉嗎？這是你的健保卡嗎？」段仕鴻跟著站起身來，「還是你曾經借別人健保卡？」

「老娘不看了啦！」她衝出診間，路上還撞到段仕鴻的肩膀，然後在櫃檯大聲嚷嚷：「健保卡還來，我要走了！我要走了！」

房依靜睜大眼睛，一臉茫然，不知道發生了什麼事。她右手夾著健保卡，說：「我還沒取卡……」

「還來啦！」病人手一揮，搶過她手上的卡片。

段仕鴻迅速來到櫃檯，雙手叉腰，說：「這件事不是說不看就沒事了。」

「不然要怎樣？」病人說。

段仕鴻說：「如果這不是你的健保卡，你這是詐用健保。如果這是你的健保卡——」

「這就是我的健保卡！」病人幾乎用吼的。

「那我們就要查出多年前盜用健保的是誰，然後向上匯報。」段仕鴻說。

「神經病！」病人轉身就走。經過段仕鴻身邊，他一度想伸手攔下，最後還是嘆了一口氣，眼睜睜望著她走出大門。

隔了三秒，小潔和房依靜的抱怨聲簡直要撐破天花板。

「什麼鬼啊？這個人做賊心虛吧，為什麼要放她走？」小潔說。

「你早點給我暗示，我就把健保卡壓在屁股下了啊。」房依靜說。

兩人你一言，我一語，吵鬧的交談聲把范琬如都吸引到櫃檯。段仕鴻抿著嘴唇，手撐著下巴，倚在候診區的沙發上。

「對不起喔，都是我害你捲入這個麻煩。」范琬如說。

「不，和你沒關係。」段仕鴻搖搖頭，說：「我只是在想，要不要繼續追究下去。」

「如果你覺得是對的事情，就去做吧。」范琬如說。

段仕鴻擠出一個笑容，他還記得上次奮不顧身去追查真相的時候，在鬼門關前走了兩回。一次被膠帶封鼻險些窒息而死，一次差點倒在槍口之下，直到現在想起來，都還心有餘悸。

他牽起范琬如的手，感受到一陣溫暖。更何況，他現在有了家室，好好照顧好老婆，那才是對的事情。何必去淌那灘混水？

「夭壽喔，已經十點半了。」房依靜忽然一聲驚呼。

「快啊，柯董的開幕派對已經開始了。」小潔說。

她們立刻停止討論，飛奔去收拾診間。整束完畢後，小潔拉下鐵門，四個人一齊搭計程車離開。

鐵門後方，漆黑一片的診所裡，突然閃爍一陣亮光。一支手機被遺落在櫃檯桌邊緣，震動聲迴盪在空無一人的候診區。鈴聲響了很久，然後，一切終歸於平靜。

*

柯毅豪是段仕鴻的多年好友，曾在之前「膠帶女童事件」大力協助，和范琬如一同幫助段仕鴻找出真兇。同時，他也是「歸人酒吧」的老闆，因為生意興隆，而拓展了新的分店，並在今晚舉辦開幕派對。

「歸人酒吧二店」比創始店來得氣派得多，敞開的木頭大門前有一座花園，花園裡張燈結綵，人們舉著酒杯談笑。搖滾的樂音從室內的大廳流洩而出，地面都為之震動，倚著門柱的小黑板寫著「新開幕全飲品買一送一」。

一走進大門，前方大型舞台前擠滿了人，只能隱約看見台上表演人員的衣角，銀色的光芒閃爍跳動，鼓聲震耳欲聾。

「你還好嗎？」段仕鴻附在范琬如耳邊說。

范琬如點點頭，說了些什麼但被音樂蓋過。

「他們請了銀槍樂團耶！那個鼓手Frank超帥的啦！」小潔大聲說，試著壓過吵雜的音樂聲。

「走，我們快去看。」房依靜拉著范琬如，和小潔擠進人群。

「你們去，我去找柯毅豪。」段仕鴻高舉右手，指著內側的方向。

他鑽過人潮，繞過酒吧區，往包廂走去。盡頭處的包廂坐著一個男人，一手拿著酒杯，頭仰靠在牆上，看起來已經喝得迷茫。桌上散落著空酒瓶，空氣中瀰漫著濃厚的威士忌味。

「柯大老闆，怎麼一個人在這裡喝酒？」段仕鴻說：「今天不是你該大肆慶祝的日子嗎？」

柯毅豪抬頭瞥了他一眼，修得整齊的鬍鬚上沾滿食物屑，連西裝衣領上都滴了幾滴酒漬。他頓了幾秒，才開口說：「阿鴻，怎麼這麼晚才來？啊？我都──喝──好幾瓶了。」

「發生什麼事了？」段仕鴻在他身邊坐下。

「都是騙人的，都是騙人的。」柯毅豪說。

「什麼都是騙人的？」段仕鴻說。

「漂亮的女生，都是會騙人的。越漂亮的，越會騙人。」

短短幾句話，段仕鴻已經抓到了重點，說：「是那個愛咪？」

「不要提她的名字。」柯毅豪灌了一口酒，說：「而且，她叫愛紗。」

「我想起來了，銀槍樂團的主唱愛紗──她不是正在外面表演嗎？」段仕鴻說。

「她跟我曖昧了好幾個月，約會過好幾次，我還幫他們樂團牽線，讓他們在鬼面餐館駐唱。」柯毅豪說：「她常常跟我說，我對她有多重要多重要，生活裡沒有我不行……拍拖了那麼久，終於在今天這個重要的日子，我決定跟她告白。」他挑高眉毛，說：「結果呢，你知道她說什麼嗎？」

「她有喜歡的人了？」段仕鴻說。

「咚」一聲響，柯毅豪捶了一下桌子，說：「她說他們已經在一起一陣子了。而那個男人，居然還整天在我面前晃來晃去。你知道是誰嗎？」

「樂團鼓手？」段仕鴻說。

「馬的，你可不可以不要一直猜對。」柯毅豪說：「我心情更差了。」
段仕鴻拿過柯毅豪手中的空酒杯，斟滿了酒，放回他面前，說：「喝吧。」
「你確定？」柯毅豪說：「你平常都是勸我不要喝的。」
「你看起來很清醒，應該才喝三杯而已吧？」段仕鴻說。
「哼，終於猜錯了，」柯毅豪終於露出了笑容，「這是第十三杯了。」
「是嗎？」段仕鴻微笑。
他向服務生點了一份炸食拼盤，轉頭看見柯毅豪正在滑手機，畫面裡是一個年輕男人，蓄著雞冠頭，頸側有刺青，一身白色運動薄衫，襯托出胸口結實的肌肉。
「這是他？」段仕鴻湊過頭去。
「嗯，我實在不懂，這種男人有什麼好，每天都跟不同妹子拍照調情。」柯毅豪下拉螢幕，說：「你看，這是昨天的貼文，前天也有，早晚一篇，還有……這個……這個……」
段仕鴻奪過他的手機，說：「夠了，不要再做這些事了，這不像你。愛咪才沒有那麼好，不值得你這樣。」
「愛紗。」柯毅豪說。
「她沒選擇你，是她的損失。既然她要跟這樣的男人在一起，那也——」段仕鴻突然打住話頭，他看見手機螢幕上，鼓手正摟著一個煙燻妝的女人。而那個女人，幾個小時前才看過。
「周鈺扉？」段仕鴻說。
「扉兒，算是個網路紅人。你認識她？」柯毅豪說。
「這是本人嗎？她就是長這個樣子嗎？」段仕鴻說。

「我瞧瞧，」柯毅豪把眼睛湊近螢幕，然後點點頭，說：「有美肌和修圖。不過，是本人沒錯。」

段仕鴻皺起眉頭，心頭頓時疑雲籠罩。如果剛剛看到的確實是本人，那麼，多年前被拔除智齒的，又會是誰？

第二章—手機陷阱

周鈺扉的事情完全轉移了柯毅豪的注意力。他坐直身體，整個人精神一振，興致勃勃的推測各種可能。

「會不會健保卡被偷了？」柯毅豪說。

「不會，那她幹嘛要隱瞞？她一定認識這個冒用的人。」段仕鴻歪著頭說：「會不會是……雙胞胎姐妹？」

「不對，根據我多年的粉絲經歷，我可以很確定的跟你說——她是獨生女。」柯毅豪說。

「朋友？」段仕鴻說。

「應該不是，她好像沒什麼女生朋友。」柯毅豪手撐下巴，緊皺眉頭，突然拍了一下手，說：「啊，台灣的健保卡不是跟黑卡一樣好用嗎？會不會她出租了健保卡？」

「她看起來缺錢嗎？」段仕鴻說。

「說的也是。聽說她老爸是什麼國際鞋廠的大老闆，想來最不缺的就是錢。」柯毅豪說：「這下可傷腦筋了。你確定你看到的是她？」

「是她，和這張合照裡一模一樣。」段仕鴻指著手機螢幕。他沒說的是，連微微隆起的肚子都很吻合。

「你說上次去你診所是什麼時候？」柯毅豪說。

「三年前。」

「三年前？」柯毅豪閉上眼睛，思索了一陣子，說：「我記得她三年前好像出了一場意外，病得很重，休養了好幾個月。有人說，她得的是精神病。」

「精神病？哪種精神病？」段仕鴻說。

「不知道，都是聽人家傳的。」柯毅豪說：「她甩了那時的男友，也不再跟朋友來往，整個人性情大變。後來她媽媽不小心說溜了嘴，大家才知道她一直在看精神科。」

「所以……也許她不想提當年的事情？」段仕鴻說。

「或者，她根本忘記那時候發生了什麼事——」柯毅豪說。

他們的談話就在此時被打斷，范琬如走了過來，表示有點累了，想先回家休息。

「好好休息啊，嫂子，我很期待你們的寶寶呢！」柯毅豪說。

回家後段仕鴻倒頭就睡著了，他還沒拿定主意，要不要去追查當年的病人。當早上起床，打開電視，他的心再度沉到谷底——

又一樁孕婦殺人案。

而這一次，案發地點距離范琬如平常散步的公園不到三百公尺。

「天阿！」范琬如摀住嘴巴，後退了兩步，「那……那是……」

她看見受害者的照片，儘管眼睛打了馬賽克，還是能認出是平常跟她一起散步的媽媽之一。

「你認識她？」段仕鴻說。

「我們……前天還在討論，買什麼牌子的嬰兒床比較好，還有什麼款式的奶嘴。怎麼……怎麼會發生這種事？」

段仕鴻臉色嚴肅，告訴她別再自己去散步了，等他沒有夜診的時候，再陪她一起去。

才剛踏進診所，又一件煩心事襲來。

「段醫師，剛剛在櫃檯桌上發現的。」房依靜搖晃著一支粉紅色手機，手機殼背面貼滿水鑽，在電燈下反射著光芒。「八成是昨天晚上，那個搶健保卡的女人。」

「搶了健保卡，卻掉了手機。」段仕鴻搖搖頭，說：「有辦法打回去給她家人嗎？」

「試過了。手機有密碼鎖，打不開。」房依靜說。

「那有在我們這裡留下家用電話嗎？」段仕鴻說。

「我看看。」房依靜手指在滑鼠上快速點擊，看著電腦說：「有，我現在打。」

隔了幾秒，一個制式的聲音從免持聽筒傳來：「您撥的電話號碼是空號，請查詢電話號碼再撥，謝謝。」

這一點都不令人意外。如果三年前就診的不是周鈺扉本人，又怎麼會留真實電話呢？只怕連地址都是瞎掰的吧。

「要再打一次嗎？」房依靜說。

「不用了。」段仕鴻說：「先收著吧！等她發現了，就會回來拿了。」

*

這一等卻等來一個不速之客。五天後的下午，段仕鴻正在櫃檯整理病歷資料，突然聽見抽屜裡傳來微弱的「嗡嗡」聲。

他拉開抽屜，看見失物盒裡的手機正在震動，亮起的螢幕寫著「黃筱怡來電」。

他按下通話鍵，說：「喂，你好。」

「又是個男的。我就知道，一定又跑去哪裡鬼混了。」

「喔，你誤會了，這裡是鴻品牙醫──」段仕鴻說。

「牙醫？現在連牙醫都有了，算她行。好了，周鈺扉呢？叫她聽電話。」

「她把手機掉在這裡了。請問你是她的──」段仕鴻說。

「她在睡覺？」

「不，她不在這裡。」段仕鴻說。

「她在洗澡？」

「不，」段仕鴻大聲說：「這裡是鴻品牙醫診所，不小心撿到她的手機。你要是聯絡得到她，叫她快點來領。」

一陣短暫的沉默。

「所以，你不是她新男友？」

「不是。」段仕鴻掛了電話。

十五分鐘後，一個雍容華貴的婦人出現在診所門口。她的皮膚白皙，保養得宜，看上去約莫只有三十來歲，頸上的珍珠項鍊反射著光澤，讓人忍不住多看一眼。

她身後跟著一個中年男子，身著制式的西裝制服，手併攏在身側，一舉一動都像個機器人。

段仕鴻收到櫃檯電話通知後，走下樓去。

「你是……黃筱怡小姐嗎？」段仕鴻說，眼神掃描過她的牙齒，也許她會是三年前那個消失的病人。但懷疑很快就被推翻，她的門牙是自然牙，沒有套上假牙牙冠，和那張環口放射影像明顯不一樣。

「嗯哼。」黃筱怡點點頭，露出狐疑的眼神，似乎在思索他怎麼會知道她的名字。

「我看到來電顯示你的名字。」段仕鴻說：「請問你是周鈺扉的……」

「媽媽。」她說。

這答案完全出乎意料，段仕鴻眨了眨眼睛。眼前這人怎麼看都只有三十幾歲，難道現在的醫療美容技術真有這麼發達？

「你看起來真年輕呢！」段仕鴻說。

「我是真的很年輕。」黃筱怡說。她下巴微微一點，身後的男人彎身走向前，接過段仕鴻手上的手機。

「夫人，是大小姐的手機沒錯。」男人說，語氣聽起來是個管家。

「這下好了，不僅到處鬼混，連手機都亂丟。這要我怎麼跟她爸爸交代？」黃筱怡說。

「大小姐已經快一個禮拜沒回家了。夫人，這件事……」管家說。

「怕什麼？她又不是沒這麼久沒回家過，八成又醉倒在哪個男人家裡。」黃筱怡說。

「不，夫人，大小姐從來沒有超過三天沒回家。」管家說。

段仕鴻警覺心起，早上的新聞報導赫然浮現腦海，忍不住插口說：「現在治安不好，我認為還是報警一下，比較安心。」

「報警？」黃筱怡彎腰笑了起來，彷彿這是天底下最可笑的事，「我女兒幾天沒回家而已，有需要這麼大驚小怪？」

「不只是這樣。你最近應該有看新聞吧？有個連續殺人犯在這附近出沒。」段仕鴻說。

「我當然知道，那個是孕婦殺手。也就是說，只要是男人，或是沒懷孕的女人，都不用怕。」黃筱怡說。

段仕鴻瞪大眼睛，說：「難道你不知道嗎？」

「知道什麼？」黃筱怡說。

她不知道。

段仕鴻遲疑片刻，抿住的嘴唇微微動了一下。周鈺扉刻意不告訴別人這件事，基於病人隱私，他該閉口不談，但基於病人安全，他似乎又有開口的必要。

「天啊……」管家首先會意過來，「她該不會……」

黃筱怡瞧瞧段仕鴻，又瞧瞧管家。隔了快一分鐘，她終於張大了嘴，驚呼一聲。

「噢，你該不會是說……是說……」她手壓在胸口，大聲說：「我女兒懷孕了！」

候診區的病人紛紛轉過頭來。黃筱怡壓低聲音，說：「你確定嗎？」

段仕鴻聳聳肩，說：「她自己說的，我不知道。」

驚惶終於爬上她漂亮的臉龐，她手指甲輕輕刮著手臂，說：「應該不會出什麼事吧？」

「我想大小姐一定沒事的，但小心一點總沒錯。」管家說。

「我同意，」段仕鴻說：「我想我們應該要——」

「她不是有個很好的朋友嗎？叫那個什麼凱莉的，我想大概在她那邊，扉兒以前常常在那裡過夜。」黃筱怡說。

「夫人，她們已經沒有來往很久了。」管家說。

「啊，會不會是那個有暴力前科的前男友，三不五時跑來騷擾扉兒的神經病。對，應該是他，我等下就打電話去罵他。」黃筱怡說。

「夫人，那已經是三年前的事了。」管家說。

段仕鴻皺起眉頭，她的女兒危機纏身，而母親卻還在這裡拉拉雜雜一大堆。然而，他不耐煩的表情顯然引起她的不滿，因為她開始把砲火瞄準了他。

「扉兒最後打卡的地方，是這間牙醫診所沒錯吧？」黃筱怡說。

「是的，夫人。」管家說。

「她最後出現在這裡，手機也掉在這裡，然後人就不見了。我倒是覺得這間診所該好好調查調查。」黃筱怡說。

「你在說什麼？」段仕鴻也被惹毛了。

「你們有攝影機吧？她最後離開的畫面是怎麼樣呢？」黃筱怡說：「她愛手機如命，怎麼會不小心掉在這裡呢？」

段仕鴻想起她離開前在櫃檯動口動手的模樣，雖然不是他們的錯，但那畫面可是會衍生更多的誤會。他壓下怒氣，把三年前有人盜用健保卡的事情說了一遍。

「你說什麼？」管家睜大眼睛，走向前兩步，說：「三年前……這是真的嗎？」

黃筱怡輕晃著肩膀，冷笑一聲，說：「一聽就知道在胡言亂語。哼，我的女兒要是出事了，你們也脫不了關係。我們走！」

她轉身就走，管家跟在她身後，回頭望了一眼。

*

段仕鴻快步走回休息室，內心百感交集。有個女人看完診後就失蹤了，到現在已經五天，而且還是個孕婦。他儘量不往壞的方向去思考，卻怎麼都揮不去新聞裡的畫面。

更糟糕的是，她的母親顯然不當一回事。

想到這裡，他停下腳步。那真的是她母親嗎？那個年紀怎麼看都不符合呀。不過，剛剛倒是聽到一個關鍵的名字——凱莉。如果她曾經是周鈺扉的閨蜜，也許，她就是三年前的病人。

在這個世代，要了解一個人最快速的方式，就是瀏覽她的個人網頁。

他打開手機，搜尋「扉兒」的社交帳號。網頁一點開，畫面充斥著滿滿的生活照片，名牌包、跑車、高級酒、夜店等幾乎佔據了所有篇幅，而那也就足夠對她有輪廓上的了解。

他在追蹤名單上搜尋「凱莉」兩個字，下一秒，跳出一長串的列表，從上到下至少有二十幾個名字，像是黃凱莉、胡凱莉、漂亮凱莉、凱莉寶貝……等等，還不包括英文的。

他拍了一下頭，一時不知從何找起。一連點出好幾張大頭貼，照片裡大多嘟嘴、微笑眨眼、偶爾還有摀著嘴巴。難得找到幾張露齒笑的照片，卻又大多經過修圖處理，畫質朦朧模糊，就算放到最大，也很難看清楚門牙是不是假牙。

他看得眼睛昏花，將頭仰靠在椅背上，望著天花板思索。按照管家所說，她們已經沒有聯絡很久了，如果過從甚密的閨蜜忽然沒有往來，那一定是發生了什麼事。

但是，會是什麼事呢？會跟三年前的意外有關係嗎？

他將網頁快速下拉，時間回朔到三年前，然而，迎接他的是一片空白。她刪了所有三年前的貼文，目前最舊的一篇貼文，是她坐在自己床上的自拍照。

照片裡的她畫著招牌的煙燻妝，還能看見名牌包包隨意躺在床角。文章寫著：「經過了好一段日子，扉兒浴火重生了。謝謝關心扉兒的粉絲們，從今天開始，勇敢做自己。」

那篇文章獲得極大的迴響，許多網友紛紛在底下留言：「扉兒變得更漂亮了。」「扉兒好棒！」「歡迎回來，抱一個！」底下共有三百一十六則留言，大多是鼓勵打氣的話。

段仕鴻快速滑過，從她受歡迎的程度來看，真的很難把她跟那個搶健保卡的女人連在一起。難道網路世界除了修圖，連個性都能修飾？但也有可能是，她刪除了所有不同立場的留言。

正在神遊間，一則較長的留言跳入他的眼簾，留言者叫「小小」，寫著：「你這麼可愛，難怪人見人愛。不要去理會那個姓楊的瘋女人在自己家裡叫囂，留不住男人，那是她的問題，不是你的。」

剎那間，三個字在他腦海裡拼湊而出——楊凱莉。會不會就是那個閨蜜的名字？

混亂的線索裡，終於有了一點頭緒。他大為振奮，喝了一大口水，繼續往下找尋。他注意到「小小」的留言總是特別有意思，透露著更多的線索。

在那之後的幾天，扉兒發了一篇圖文不符的貼文。照片裡的她披著絲綢睡衣，胸前小露性感，一頭長髮散落在裸露白皙的肩膀上，寫著：「終於吃到最愛的烤布蕾。可惜遇到了鳥事，不然今天一定心情超好。」

在底下九十五則留言裡，段仕鴻優先找到了「小小」的名字，她果然沒有讓他失望——

「看到你心情不好立刻懷疑和江先生有關，到他網頁一看，果然，他又在亂講話啦。不甘心被甩，就造謠你劈腿，這種男人還好你丟了。」

接下來的每則貼文裡，幾乎都能看見「小小」的蹤跡，像是：「不要怕，是公主才有資格公主病啦！」「又買了新包包了？也捐一個給我吧！」「有人就是嫉妒你，才會一天到晚說你做作。」「今天聽到有人說你很大牌又自以為，立刻跟她吵了一架。」

段仕鴻合理的懷疑，小小根本是個偽粉絲，那些褒獎的話語總是包裝著一絲貶意。

就在此時，身後傳來小潔訕笑的聲音：「段醫師，你居然在偷看美女照。」

段仕鴻立刻回頭，張大了嘴，說：「不，不不不，不是這樣，我是在找……找那個病人。」

「好好好，不要緊張，不要緊張，我不會告訴夫人的。」小潔露出一個奸詐的笑容。

「不，這真的是……」段仕鴻說。

「好啦，段醫師，不用解釋那麼多。我只是要來跟你說，你的病人請好了。」小潔說完轉身出去。

段仕鴻摸摸鼻子，跟著走進診間，似乎還能聽到小潔口罩下的竊笑。診療椅上躺著一個小男孩，約莫十四、十五歲，身上的衣服有些髒汙，從短褲伸出的兩隻腳丫瘦得像竹竿。

「哈囉你好，你是……」段仕鴻瞄了一眼病歷，說：「吳彥嗎？」

男孩點點頭，雙手放在大腿上，姿勢顯得很僵硬。

「你的爸爸媽媽呢？有跟你來嗎？」段仕鴻說。

男孩搖搖頭，說：「爸爸在忙，叫我自己來看。」

段仕鴻拿起口鏡，仔細檢查了口內，左上第二小臼齒已經被蛀成平地，只剩下殘破的牙根。他搖搖頭，升起診療椅，說：「這顆牙齒蛀得太大，只能拔掉了。」

「現在嗎？」男孩兩手互抓著手掌。

「現在不行，你才十五歲。未成年拔牙是要經過爸媽同意的，你下次能請你爸爸或媽媽陪你嗎？」段仕鴻說。

「可是我爸爸白天都在做工，晚上都在……」男孩吞了一口口水，「他沒辦法來。」

「爸爸晚上有時間陪你來嗎？」段仕鴻追問。

「他晚上都在……賭博。」男孩用氣音說出最後兩個字，「等他回到家的時候，你們鐵門都拉下來了。」

段仕鴻注意到男孩從來不提媽媽，也許他是單親家庭。看著男孩怯懦的模樣，他心底不禁升起一股同情。

「我不能自已做決定嗎？」男孩面露懇求。

「恐怕不行。」段仕鴻說。

「我不怕血，也不怕痛。」男孩說：「我比很多大人都還勇敢。」

「我相信。但是，吳彥，你聽我說，」段仕鴻把手搭在他的肩膀上，說：「我很想幫你的忙，把這顆牙齒拔掉。可是，我一定要得到你爸爸的同意，好嗎？」

男孩失望的妥協了，離開前回頭望了段仕鴻一眼，說：「醫師叔叔，你比我想像中還好呢！前幾天我一直在門外溜達，等到你們關門了都不敢進來，早知道我就不怕啦。」

段仕鴻微微一笑，忽然間一道閃電打中心思，他邁開步伐，追到男孩身後，說：「你前幾天一直在門外溜達嗎？」

「對啊。」男孩睜大雙眼。

「禮拜一晚上也是嗎？」段仕鴻說。

「對啊，你怎麼知道？我已經忍耐了一個禮拜了。」男孩說。

段仕鴻蹲下身子，讓視線和男孩平行，說：「那麼，你那天最後有看到一個女生跑出去嗎？」

「有啊，醫師叔叔，你怎麼什麼都知道？你說的，是穿著紅色衣服、黃色裙子的那個姐姐嗎？」

段仕鴻對他的觀察力豎起大拇指。「對，就是她。你有看到她最後往哪個方向走嗎？」

「她沒有走。」男孩說。
「什麼意思？」段仕鴻說。
「有台紅色的車在我面前停下來，車門打開，她叫了一聲，然後她就不見了。」
段仕鴻深吸一口氣，說：「你確定嗎？」
「我……我不確定……也有可能是我看錯了。」男孩後退一步，囁嚅的說：「醫師叔叔，你別說出去。我常常記錯事情，要是我又搞錯了，爸爸一定會打我的。我上次買錯了菸，被打了一巴掌，到現在還在痛呢！」
「我知道了。」段仕鴻說。

然而這一句番話，卻讓段仕鴻半夜躺在床上翻來覆去，無法闔眼。冷風掀擺著窗簾，灑進一縷月光。他聽著身旁范琬如沈穩的呼吸聲，隔了一會，坐起身來。
他坐到書桌前，想著心事。忽然間，身後傳來腳步聲，然後肩頸感受到一股溫暖，一條被毯覆蓋在他背上。
「有心事？」范琬如說，聲音裡有些許睏意。
「抱歉，吵醒你了。」段仕鴻說。
范琬如扶著他肩頭，在他身旁坐下，說：「工作上的事？」
「算是吧，你記得那天搶健保卡的女人嗎？」
范琬如點頭，他將後來發生的事詳細說了一遍。
「所以，你擔心她遭到毒手，偏偏她家人堅持不報警？」范琬如說。

「不只是這樣。她身上還有一個謎題，關於鴻品三年前那個消失的病人。現在每次看到那張環口放射影像，我就覺得好像什麼問題懸在那裡，沒有解決。」段仕鴻說。

「那就去查清楚，我相信你可以的。」范琬如說。

「但是，上次我追查真相的時候，差點害慘了你。」他將手輕放在她隆起的肚子上，說：「我會擔心……擔心……」

「阿鴻，做你覺得是對的事。」范琬如說：「不用擔心我們。」

段仕鴻看著她堅定的眼神，嘴角揚起，將她擁入懷中，說：「謝謝你，真希望寶寶長大後也跟你一樣聰明貼心。」

「那沒問題，我會叫他跟你保持距離。」范琬如笑了起來。

第三章—閨密決裂

隔天一早，段仕鴻試圖在網路上搜尋「楊凱莉」三個字，但看到長達三頁的搜尋名單後，就打消了這個念頭。更何況，他連名字拼得對不對都不知道。

要在茫茫人海裡，找出三年前冒用健保的病人，猶如大海撈針。即使找到了可疑人物又怎麼樣呢？叫她們當場張開嘴巴，讓他確定一下？

他覺得自己像個亂糟糟的毛線球，一點頭緒都沒有。如果能有一個方向、一點線索，什麼都好。只要能找到一絲當年留下的蛛絲馬跡，讓他能夠去挖掘、去探究……他將頭埋在手肘間，閉上雙眼，忽然間腦中靈光乍現——

當年留下的東西，不就是那份病歷嗎？

他從椅子上跳起，抓起外套，經過客廳時不忘給老婆一個吻。她正在縫製寶寶的三角帽，拿著兩塊布料問他哪一塊好。

「櫻桃的。」他伸手開門，說：「我去一趟診所。馬上回來，好嗎？」

十五分鐘後，段仕鴻將車停在診所前，按了一下感應器，看著鐵門「轟隆隆」往上升起。才升起一個縫隙，他就彎身鑽了進去。

他查詢出病歷號碼，在櫃檯翻找出那份病歷，攤在桌上，開始仔細研究。

姓名欄上寫著「周鈺扉」三個字，字跡端正，開合有度，撇、豎、橫、勾等一筆一畫都是恰到好處。段仕鴻可以肯定她練過書法。

再看下方的地址，連巷弄號碼都寫了出來。段仕鴻輕敲額頭，如果她想撒謊，也寫得太詳細了，說不定這是真實住址。

想到這裡，他感覺血液沸騰了起來，全身躍躍欲試，那股揭開真相的暢快感再度回歸。

他將地址輸入google，再次抓起外套。

英禾街位置稍嫌偏遠，但也因此佔地廣大。段仕鴻一邊看著手機上的地圖，一邊放慢車速。他將車窗捲下，以便將門牌看得更加清楚。

經過一條堆滿回收物的巷弄，兩側低矮的鐵皮屋散發出異味，像是動物糞便混雜著陳年垃圾。他屏住呼吸，再次確定地圖上的位置。

橫跨過一條小巷，眼前出現完全不一樣的光景。兩側針葉樹一字排開，襯托著後方深灰高聳的別墅，人行道上鋪著黑磚和反光玻璃，豪華氣派的建築和上一個街區簡直有天壤之別。

地圖顯示右手邊第一棟就是目的地。這棟別墅和其他棟有些不一樣，門前雜草叢生，藤蔓爬上大門的鐵欄杆，連階梯上都積了一層灰，似乎已經很久沒有人住了。

他撥開門鈴上的蜘蛛網，按了一下門鈴。什麼反應都沒有，門鈴似乎壞了。

「哈囉，有人在家嗎？」段仕鴻大聲說。

等了半晌，裡頭一點動靜都沒有。他沿著別墅外圍繞到後門，後門的圍牆早已年久失修，有一小片牆傾斜歪倒，可以從這個裂縫窺見裡頭的院子。真的想要探個究竟，他甚至可以從這裡爬進去。

段仕鴻伸長脖子，探頭望去。院子裡的盆栽東倒西歪，玫瑰花圃早已枯萎，角落的狗屋崩壞塌陷，飼料盆破碎支離。

後門微微敞開，似乎在呼喚著他前來。他來回踱步，心中猶豫不決。該不該闖進去？線索就近在眼前，很可能就在那扇門之後，也許那裡埋藏著前主人的生活痕跡。

然而，他之前擅闖民宅的經驗都不太好。現在的他已經不是一個人了，沒辦法再拿生命去冒險。

就在兩難之際，背上被人拍了一下。

「少年仔，你在這裡幹嘛？」

段仕鴻迅速回頭，一個老人推著回收車，站在他面前。他的頭髮斑白，皺紋遍佈，身上的衣服破破爛爛，還散發著異味。

「喔，我……我只是路過。你知道，路過這裡，看到這棟房子……」段仕鴻腦中急轉，迅速拼湊出一個說詞，他可不想被當成鬼鬼祟祟的小偷。「我……那個……記得有個朋友住在這裡。可是剛剛按了門鈴，都沒有人應門。」

老人挑高眉毛，歪著頭，說：「你的朋友是誰？」

「呃……其實不算很熟，幾年前在網路認識的，叫扉還是什麼的。她……也許她搬走了，我們很久沒聯絡了。」段仕鴻說。

「那一定是很久以前了，這裡已經好久沒住人。」老人說。

「多久？有三年嗎？」段仕鴻說。

「不記得了。」老人搖搖頭，頓了一下，說：「這麼說回來，我早上到底吃藥了沒？」

「爺爺，本來這裡住著誰呢？」段仕鴻說。

「住著一家三口，後來發生意外，就搬走了。」老人說。

「發生什麼意外？」段仕鴻不自覺的走上一步。

「這麼久以前的事……失火嗎？還是跌下樓梯？」老人說。

「跌下樓梯嗎？」

「喔……那好像是我弟媳家的小孩。」老人手摸著下巴，瞇起眼睛，說：「好像有個男人，做了一些可怕的事。」

「什麼人？什麼事？」段仕鴻睜大眼睛。

「他手上都是血，躲在牆後面。突然轉頭對我笑了一下……」

「什麼？然後呢？」段仕鴻說。

「然後，他就扛著衝鋒槍衝了出去，一邊大聲喊『中華民國萬歲』。我只聽到『砰砰砰』的聲音，完全沒有間斷，他的聲音越來越小。我一邊撤退，一邊含著眼淚，連最後回頭看他一眼也沒有勇氣。」老人說。

段仕鴻抿抿嘴，說：「爺爺，這是你當兵時候的記憶吧？」

「啊？」

「爺爺，你有比較……最近一點的記憶嗎？」段仕鴻說。

「最近……最近……」老人眨眨眼，望著遠方出神，忽然間眼睛一亮，牽起段仕鴻的手，說：「信宏啊，你回來看阿公了喔？信芬有跟你一起回來嗎？」

段仕鴻苦笑，輕輕縮回手，說：「爺爺，你認錯人了。」

「啊，你不是信宏喔。那你是……智偉嗎？」老人說。

「都不是，爺爺。我只是路過的路人而已。」段仕鴻說。

「喔，路過的啊。」老人臉上難掩失望，說：「你長得真好，真的不是我的孫子嗎？」

「就我所知，應該不是。」段仕鴻說。

「唉，好吧，好吧。我的孫子孫女怎麼可能回來看我呢？」老人說完，推著回收車走了，一路上還喃喃自語：「今天的藥吃了沒呀？」

段仕鴻回到車上，思索了一會。如果這家人真的因為意外搬走了，那麼三年前就醫的事，還需要去計較嗎？他望向窗外，不管事實如何，他都需要一個答案。就這最後一次，只要確定當年盜用健保的女人已經搬走了，他就放棄追究。

就在此時，他看見後照鏡裡銀光一閃，回收箱後方伸出一台相機，又立刻縮了回去。

有人在偷拍他？

「嘿！」段仕鴻大喝一聲，推開車門，往後方奔去。但遲了一步，回收箱後方空空如也，什麼人都沒有。

一陣寒意從腳底竄起，他僵在原地，聽見自己急促的呼吸聲。為什麼有人要偷拍他？他捲入了什麼麻煩？

*

段仕鴻決定等到天黑，再來一探究竟。他不想讓范琬如擔心，所以等到她睡著以後，才偷溜出門。

夜幕深沉，雲朵黑壓壓的遮蔽了月光。段仕鴻將外套的帽子套在頭上，盡可能選擇小路行走，時不時左顧右盼，注意有沒有人在跟蹤。

下午的被偷拍的事件讓他耿耿於懷，唯一最可能的理由是——和那棟房子有關。那棟別墅裡隱藏著什麼祕密，跟三年前的事情有關嗎？

他走了一段路，終於來到別墅的後門圍牆。夜裡沒有燈光，讓整棟房屋更顯得陰森灰暗，冷風呼呼灌進圍牆的縫隙裡，像暗夜裡老婦人的泣訴。

他左右張望了幾下，一個閃身，跨過倒塌的圍牆。盆栽碎片倒的滿地都是，他躡手躡腳的前進，盡可能不要踩到任何東西，然後悄悄的推開了門。

灰塵迎面而來，鑽進口鼻，段仕鴻忍不住輕咳了兩聲。眼前是一間小房間，裡頭的家具都還在，床、衣櫃、電視整齊的擺放著，只是抹上了厚厚一層灰。

那電視還是加大型的液晶螢幕，價值不菲。這家人搬走了，東西卻還留著，不是搬家搬得太匆忙，就是不在意這麼一點錢。

段仕鴻壓低身子，往房間門靠近。他注意到門把上有個地方特別乾淨，像個五指印的痕跡，心頭一凜。最近有人來過，或者……有人正在裡面。

他將耳朵貼在門上，傾聽半晌，裡頭毫無動靜。他深吸了一口氣，轉開了門。

眼前是條掛滿藝術品的長廊，有幾幅似乎是最近才被取走的，牆上留著正方形畫框的痕跡。往前是通往客廳的方向，往右則是通往二樓的樓梯。蜘蛛網遍佈其中，還有一隻老鼠「吱吱喳喳」一晃而過。

段仕鴻只猶豫了片刻，立刻就知道該往哪裡去。

樓梯厚厚的灰塵上有腳印的痕跡，仔細看還有一些小圓點。蜘蛛網被撥開成一條通道，他屏住呼吸，沿著前人的腳印往上走去，眼前出現一個偌大的房間。

腳印越到上方越密集，最後直通至房間。房門半掩，段仕鴻透過縫隙往房裡巡視了一圈，確定沒有人在，這才輕輕推開。

這絕對是個大小姐的房間。掛著簾幕的公主床座落在房間正中央，角落的暖爐正對著長型沙發，衣櫃佔據了一整面的牆壁，梳妝台甚至比書桌還要大。房間盡頭，落地窗推開，可以連通到外面的小陽台。

有趣的是，衣櫃裡空空如也。這家人連液晶電視都可以不要，卻把每一件衣服都打包帶走。

他注意到書桌的椅子被拉開，拖曳出一條清晰的痕跡。他拉開左邊的抽屜，裡頭倒放著兩個相框，還有無數的信件和小紙條。段仕鴻翻開第一個相框，照片裡是一群女孩去潛水，所有人都穿著深藍色的潛水裝，因為光線太暗了，他看不清楚每個人的臉龐。

第二個相框一翻開，他心中一跳，差點把相框摔在地上。照片裡是一個女人和一個男人臉貼著臉的合照，女人閉眼微笑，男人粗獷的臉上蓄著落腮鬍，滿臉幸福之色。

那個女人不是別人——正是周鈺扉。

也就是說，現在腳下的這個地方，是以前周鈺扉的房間。發生意外搬走的一家人，正是周家三口。老人口中的那樁意外，就是三年前發生在周鈺扉身上的事情？

段仕鴻拍了一下額頭，啞然失笑。他太急著找出冒用身分的人，怎麼就沒想過，那人為了做得滴水不漏，自然也會填寫周鈺扉的地址。而房依靜打電話過去是空號，是因為他們早就搬家了。

繞了一圈，最後還是回到了原點。

段仕鴻有些洩氣，隨意翻了一下底下的紙條，大多是粉絲的告白信，什麼「愛你一輩子」之類的話。他翻拍了照片，闔上左邊抽屜，改拉開右邊的，「咚」一聲，抽屜是鎖上的。

就在此時，樓下傳來「扣扣扣」的聲音，筆直往樓上而來。腳步聲快速逼近，毫不遲疑，像是已經走了好幾遍。

段仕鴻掌心冒汗，四下張望，才剛縮身躲進衣櫃裡，房門口就被推開。

一個男人走了進來，手上的手電筒發出刺眼的光芒，照亮了整個房間。段仕鴻透過衣櫃的夾縫望去，只能隱約看見男人的背影。

那人在書桌前停了下來，拉開左邊抽屜，拿起相框瞥了一眼，就放下了。接著拉開右側抽屜，「咚」一聲，發生和段仕鴻一樣的事情。

不一樣的是，那人將手電筒含在嘴裡，然後從口袋掏出一大串鑰匙，挑選了好一會兒，最後抽出其中一支。只聽見「喀」一聲響，抽屜被轉開了。

段仕鴻拉長脖子，瞇起眼睛，試圖想看清楚是什麼東西。那人伸手在抽屜裡翻找，突然暗罵一聲髒話，然後用力甩手，將一隻蟑螂甩到地上。隔了一會，他從抽屜抽出一本小冊子，攤開放在桌面。

那本冊子封面呈碎花圖樣，中間的白色綁線打了一個蝴蝶結，似乎是一本日記。男人戴上眼鏡，拉開椅背坐下，紙張翻閱聲回鳴在陰暗的空間裡。

段仕鴻背緊靠著衣櫃木板，望著他一頁翻過一頁，不知道要閱讀到什麼時候。此情此景，詭異得無可名狀——一個男人，在深夜裡闖進空屋，翻閱鎖在抽屜裡的日記。

忽然間，男人似乎發現了什麼。他將身體前傾，頭湊得更近，翻閱的速度開始快了起來。段仕鴻可以感覺到他的興奮，然後他停在某一頁上，盯視了許久。

那書頁裡貼著一張立可拍，下方註記了一篇文字。男人喉嚨發出怪聲，手指顫抖，猛然間撕下那頁紙，收進懷裡。

男人迅速起身，走向陽台，探頭眺望，像在尋找些什麼。窗簾遮蔽了他大部分的身影，段仕鴻眼望前方，那本日記就躺在書桌上，唾手可得。如果說這屋子藏著什麼祕密，答案一定就在那裡。

段仕鴻心臟碰碰狂跳，手指碰到了衣櫃門，一寸一寸緩緩推開。才剛要跨出一隻腳，就在那一瞬間，男人轉過身，快步走了回來。

段仕鴻立刻縮回右腳，一滴冷汗滑落額頭，只能眼睜睜看著男人將日記鎖回抽屜，然後離開房間。

他等了許久，才從衣櫃裡鑽出來，小心翼翼的走到樓下，依循原路回去。離開前，不經意的往走廊瞥了一眼。下一刻，又立刻轉回頭。

通往客廳的走廊上，多了一道清晰的來回腳印——那個男人是從上鎖的大門走進來的。

*

段仕鴻回到家時，已經凌晨四點了。范琬如仍睡得香甜，他鑽回被窩，一闔上眼睛就進入了夢鄉。那翻拍的影像雖然不太清楚，但在這臉部辨識發達的年代，一張陳舊照片就足以找出一個人。

隔天，將照片交給柯毅豪的三個小時後，段仕鴻得到了答案。

「那個男的，叫做江衛君。什麼工作都做過，銷售員、酒保、工人、保鑣，現在好像在修車廠工作。」柯毅豪說。

「那凱莉呢？有在照片裡嗎？」段仕鴻說。

「有，事實上，照片裡每個美女我都找出來了，」柯毅豪說：「也都加入追蹤了。」

「我怎麼不意外呢？」段仕鴻說。

「我知道，我知道，你很佩服我，怎麼說我都是個前工程師啊。」柯毅豪說：「你想知道的叫楊凱莉，她經營一個影片頻道，叫『凱莉近距離』。大概是最簡單能聯絡到她的方法了。」

「謝了，兄弟。」段仕鴻掛了電話。

他搜尋「凱莉近距離」的頻道，已上傳了三百四十五個影片，訂閱人數有兩萬多。而此時此刻，楊凱莉本人正在青青廣場進行現場直播，就在附近幾條街之外。這大好機會可不容錯過，他立刻驅車前往廣場。

廣場呈現一個大正方形，地面鋪著紅白地磚，正中央的鐵板上鑽了許多小孔，每隔一段時間會噴出水來，聚集了許多小朋友在那裡玩耍。

樹蔭下放著長型座椅，人們聚在一起聊天說笑，還能欣賞街頭藝人的表演。段仕鴻遠遠就看見一個女人被攝影團隊圍繞，正在採訪路人。一旁的推車上架著迷你螢幕，顯示著目前收看直播的人數。

路人說了些什麼，最後接過團隊給的巨無霸飲料杯，裡頭不知混合了什麼添加料。路人憋住呼吸，一口灌下，螢幕顯示收看人數又上升了幾十人。

「好的，非常謝謝你熱情的參與。我們是凱莉近距離，喜歡的話可以訂閱、分享，或在我的頻道留言。」女人對著麥克風說：「接下來，我們要來尋找下一個受害──啊，不是，是自願者。」

段仕鴻刻意避開，走向最近的長椅，他可不想被邀請上鏡頭。就在這樣想的時候，女人的視線往這裡射了過來。

「喔，我們來試試採訪不一樣類型的人。來找一位……嗯，我看看……社會人士。」女人一邊說一邊逼近腳步，下一秒，紅色高跟鞋擋住了段仕鴻的去路。

他閃避不及，只好抬起頭，提起僵硬的嘴角，說：「嗨。」

「嗨，我是楊凱莉，我們正在直播『凱莉近距離』。可以打擾你幾分鐘嗎？」女人說，聲音扁扁的有點像鴨子。

她的頭髮是誇張的桃紅色波浪捲，兩片濃密的假睫毛眨呀眨，幾乎要遮住戴著綠色放大片的瞳孔。段仕鴻第一時間就被牙齒吸引，她上排前牙在日光下顯得特別亮白——這在牙科裡有個說法，叫做馬桶白。他可以確定那不是自然牙的顏色，曾經做過假牙。

那麼，三年前消失的病人，會不會就是她？

「嗨，你好。」段仕鴻說：「哇，是本人嗎？很高興見到你。」

「看來你認識我呢！」楊凱莉笑了起來，說：「我們正在直播，玩『真心話大冒險』。可以邀請你一起跟我們玩嗎？」

「規則是什麼？」段仕鴻說。

「規則很簡單。如果你猜拳贏了，你可以選擇真心話，問我一些很私人、甚至很私密的問題。」楊凱莉壓低聲音說：「就算問我內褲穿什麼顏色都可以。」

她身後的團隊哈哈大笑，有人甚至吹起口哨來。

「當然也可以選擇大冒險，你可以要求對我做什麼事。」楊凱莉說：「任何事。」

「如果我輸了呢？」段仕鴻說。

「那你就要準備接招了。我會問你很難回答的問題，或是很瘋狂的要求。剛剛那個大學生喝了一杯什麼？」她轉頭問身後拿著一堆紙本的打雜小妹。

「蜂蜜醬油芥末番茄醬葡萄汁。」小妹說。

「對，蜂蜜芥末什麼汁的。」楊凱莉說：「要嗎？」

當然不要——段仕鴻在心中大聲尖叫。但想解謎的慾望終究戰勝了理智，他最後聳聳肩，說：「有何不可？」

他和楊凱莉的手指各被夾上一個小小的黃色探測器，聽說那是測謊機，為了證明兩個人都沒說謊。段仕鴻很懷疑那只是做做樣子。

「好，要來開始了。」楊凱莉搓搓手，說：「剪刀、石頭、布——」

很幸運的，段仕鴻的石頭勝出。楊凱莉說：「喔，不，你贏了。你要我大冒險還是真心話？」

段仕鴻想都沒想就說：「大冒險。」

「喔，回答得真快呢！看來是早就想好了。」楊凱莉說。

段仕鴻微微一笑，開口說出一個前無古人的要求：「我要看一眼你的全口牙齒。」

此話一出，大家都瞪大了眼睛，一時沒有作聲。在那沉默的十秒間，收看人數頓時往上飆升，跳了一百多個人。

楊凱莉首先拍手大笑，然後周圍的人都跟著笑了。

「好，太有創意了，我喜歡。」楊凱莉說著張大了嘴。段仕鴻湊眼去看，她的前牙是整排的貼片，不是整顆包覆的假牙，後牙因為缺牙而東倒西歪，還有好幾顆黑色的大蛀牙。

和那張三年前的環口放射影像相差甚遠，答案顯而易見——不是她。段仕鴻有些失望，他本來還帶著七分把握，沒想到，追了這麼久的線索就這樣斷了。

「好，再來一次。這一次一定要扳回一城。」楊凱莉說。他們同時伸出右手，這一回段仕鴻輸了。

「哎唷，這次我贏了……我想想，該怎麼做才好？這張臉看起來斯文斯文的，但我不相信，我知道每個人都有他的黑暗面。我要還真心話——」楊凱莉說：「你做過最壞的事是什麼？」

「最壞的事？」剎那間，段仕鴻腦中無數記憶盤旋。他想起了一年前的事件，一張張臉孔浮現眼前，李山河、葉凡芯、何小龍、趙明謙和衛方城……他當年為了追求真相，不顧一切，在那過程中是否傷害了誰？葉凡芯被車撞、房依靜被綁架、范琬如被抓住、他和柯毅豪在大樓裡逃命……他曾經告訴自己，那只是追求正義的代價，然而，那代價是否真的值得？

就像現在，他追求著一個真相，又為此捲入了什麼麻煩？而又是否會傷了誰？

「想很久喔。」楊凱莉在他耳邊彈指。

「紅燈右轉。」段仕鴻說。他手上的探測器立刻發出「逼逼逼」的聲響，亮起紅燈。

楊凱莉笑了，說：「看來測謊機還是有用的。」

「我開槍射傷了一個人。」段仕鴻說。

「什麼？」楊凱莉微微一愣，「他……他還活著嗎？」

「他是個保鑣，對，他還活著，只是住院了很久。」段仕鴻說。

楊凱莉頓了一下，身體微微向後退，說：「你是個警察還是……」

「看來你的測謊機不太準嘛。」段仕鴻眨眨眼。

楊凱莉瞬間鬆了一大口氣，說：「那是開玩笑的？呼，真的騙到我了。好啦，算你過關。那麼，最後一回合。」

他們再度猜拳，這一次段仕鴻贏了。

「真心話。」他說：「有件事我好奇很久了，但問出來怕你生氣。」

「哦——」周圍的人發出呼聲，起鬨說：「快問，快問。」

「你說吧。這是個遊戲，我願賭服輸的。」楊凱莉說。

段仕鴻吸了一口氣，說：「我想知道，三年你和扉兒為什麼吵翻了？」

第四章—祈福茶會

「扉兒？」

「對，扉兒。」段仕鴻說。

楊凱莉頭頂罩上一層陰影，搖頭說：「這個……不，我不想說。」

她身後的打雜小妹指了指直播螢幕，顯示收看人數正以一秒鐘五十人不斷飆漲。

楊凱莉雙手一攤，說：「好，我說。」她咬了一下嘴唇，「那賤人上了我的前男友。」

段仕鴻一愣，說：「喔，我很抱——」

「那時她剛出院，情緒很不穩定。她的暴力前男友一直來騷擾她，為了讓她安心，我和我男友——錯了，是前男友，特地跑去她家陪她。我們一起窩在沙發上看電視，然後，她突然說想吃雞蛋糕。」楊凱莉說：「我二話不說就跑去買，冒著冷風，走到一半還下起大雨。我沒有帶傘，所以就折回去拿，誰知道……」

楊凱莉咬牙切齒，說：「那賤人就在沙發上，跟我前男友打得火熱。」她停頓了好幾秒，突然間掩面朝後方奔去。攝影大哥舉著攝影機，一路追了下去。

段仕鴻望著她離去的背影，突然有點後悔自己說出口的話。他是否在不經意間喚醒了誰的祕密，揭開了誰的傷疤？

手機鈴聲在此時響起，他瞥了一眼就立刻接起。

「喂，我馬上就回去了。要順便買黑醋，是嗎？」段仕鴻說。

「喔，對，黑醋。不過……」范琬如壓低聲音，說：「阿鴻，你惹上什麼麻煩了？」

「什麼？」段仕鴻將手機更貼近一些，說：「發生什麼事？」

「有兩個警察正坐在我們家客廳，要找你問話。」范琬如說。

段仕鴻心中一跳，難道是那天闖入別墅的事？可是，他已經非常小心了，走的都是小路，也都儘量用帽子遮著臉龐。更何況，有人會為了一間廢棄屋子被闖入而報警？

還是說，跟那張被偷拍的照片有關嗎？但他只是把車子停在路邊觀望，又算什麼犯罪了？

段仕鴻直奔回家，停好車，瞧見一台警車停在公寓前面，路過的人們對著警車指指點點。其中，遠方一個小男孩的身影讓他倏然停下目光，那是他的病人，前幾天才來過，好像叫作吳俊還是吳彥。他在這裡做什麼？

男孩躲在騎樓下，遠遠瞧著警車，似乎在想些什麼。忽然間，「叮咚」一聲，便利商店的門打開，一個虎背熊腰、渾身刺青的男人走了出來，手裡夾著一包菸，大喊一聲，男孩轉過頭，跟著他離開了。

那人是他爸爸，沒空陪他來拔牙的爸爸？但段仕鴻沒時間細想，走入電梯，按下熟悉的十三樓。電梯門一打開，裡頭傳來低沉的交談聲。

門沒有鎖，他輕輕一推就開了。客廳沙發上坐著兩個身穿警察制服的人，一男一女。男人膚色黝黑，背打得挺直，一雙如鷹的雙眼從他進門後，就直盯著他；女人則四肢粗壯，那肌肉糾結的手臂彷彿能單手舉起一個冰箱。

段仕鴻立刻感覺到來者不善。眼前這兩人臉色沉重，眉頭緊皺，鎖定他的眼神充滿了懷疑和敵意。

「你好。」段仕鴻微微鞠躬。

「你好。」男警點點頭，說：「我們是三如分局的警察。今天來主要是和你請教一些事情。」

「三如分局？」段仕鴻說：「我認識謝英，她是你們同事吧？她還好嗎？」

謝英是段仕鴻一年前在「膠帶女童」事件認識的警察，兩人曾一同犯難，有著並肩作戰的情誼。如今已經是三如分局的副局長，段仕鴻特別提出來，暗忖著能拉近一些距離。

沒想到，男警臉色一沉，說：「局長知道副局長和你有深交，所以才指派我們來調查這件事。」

「什麼事？」段仕鴻在對側的沙發坐下，倚著范琬如的肩膀。

男警掏出筆記本，按了一下原子筆，說：「請教一下，昨天晚上你在哪裡？」

段仕鴻心中一驚，臉上盡可能不動聲色，說：「發生了什麼事？」

「只是請教一下，你在哪裡？」男警雙眼直視著他。

「我在家。」段仕鴻說。

「晚上一直都沒出門嗎？」男警說。

「對。」段仕鴻吞了一口口水。

「直到凌晨？」

「對，直到凌晨。」段仕鴻說：「可以告訴我，這是怎麼一回事嗎？」

「有人可以作證嗎？」男警說。

「我……」段仕鴻轉頭望向范琬如，她微微下垂的眉間彷彿知道些什麼。她知道嗎？她發現他半夜跑出去了嗎？他突然有些後悔，也許該早點跟她說，也好過現在說實話引發的麻煩。

「我可以作證。」范琬如開口說。

「你也在家嗎？」男警說。范琬如點點頭。

「請問晚上八點到凌晨五點這段時間，你做了什麼事？」男警說。
「呃……我們吃完了晚餐，然後窩在沙發上——」范琬如話未說完，就被男警打斷。
「我不是問你，我是問他。」男警將身體轉向段仕鴻，那態度簡直就像在拷問犯人
段仕鴻忍住怒氣，說：「我們吃了晚餐，然後窩在沙發上看影集，直到十一點多，然後就睡了。不好意思，這到底是——」
「所以，這段時間你沒跟別人接觸過，只有你妻子能證明你的行蹤。」男警說。
「我有需要證明嗎？如果你再不告訴我發生什麼事，我就要請律師了。」段仕鴻說。
男警瞇起眼睛，說：「你覺得你需要請律師嗎？」
「好了，我受夠了。你們莫名其妙跑來我家，質問我昨天晚上的行蹤。我已經很配合了，但如果你們執意把我當犯人看待，就請走吧。」段仕鴻說著站起身來。
男警點點頭，眼望著他，緩緩站起身來。
「等等。」女警終於第一次出聲，「我想我們應該告訴他。」
「不用了，我想他很清楚發生了什麼事。」男警說。
「既然你這麼認為，又有甚麼好談的？」段仕鴻走到門邊，右手一攤，意思很明顯。
「我覺得——」女警說。
「走吧。」男警邁開大步，跨出大門。
「等等，」范琬如突然走上兩步，說：「警察，能告訴我們發生什麼事嗎？」
「問你先生吧。」男警說。
「我不是在問你，我在問她。」范琬如身體轉向女警。

男警用鼻孔「哼」了一聲，走向一旁，猛按電梯按鈕。

女警猶豫片刻，終於開口：「我們懷疑……周鈺扉小姐遇害了。」

「什麼？」段仕鴻瞪大眼睛，說：「發生什麼事？」

「有人匿名報案，在郊區的小木屋發現好幾灘血跡，其中一部分的血還沒完全乾。經過現場證物和DNA初步比對，受害者是周鈺扉小姐。」女警說。

段仕鴻倒抽一口氣。擔心的事情，終究還是發生了！

「我很遺憾聽到這個消息。」段仕鴻沉下眼皮，原來的滿腔憤怒被內疚取代。如果他提早幾天報案，這件事是不是就不會發生？「那麼，你們找到她……」

「我們還沒找到屍體。」女警說。

段仕鴻稍微鬆了一口氣，沒有找到屍體，那就有可能還活著。也許她被攻擊後逃掉了，也有可能受了傷後，還在被囚禁中。段仕鴻試著往好的方向去想，盡可能忽略掉兇手移動屍體或掩藏屍體的可能性。

「這……這會跟孕婦殺手有關嗎？」范琬如說。

女警瞥了她一眼，說：「目前還不確定，只能說不排除——」

「咳咳。」男警用力清了一下喉嚨。電梯就在此時到達十三樓，女警抿抿嘴，跟著男警走進電梯裡。

段仕鴻跨出一步，用手抵著電梯門，說：「但我還是不懂，這件事為什麼跟我有關？」

「她媽媽說，她失蹤前最後一個看到的人是你。」女警說。

「那是在診所裡，很多人都可以做見證。」段仕鴻說。

「你知道她懷孕的事情，這件事甚至連她媽媽都不知道。」

「那是她告訴我的。」

「而且，她隨身不離的手機，最後在你的手上。」女警說。

「那是她自己——」他話還沒完，電梯門已在眼前闔上。

段仕鴻嘆了一口氣，走回客廳，發現范琬如抱著抱枕，縮在沙發的一角，臉上憂心重重。

「沒事的。」段仕鴻摟著她的肩膀，「他們的理由很牽強。」

范琬如低著頭，只是不說話。

「嘿，沒事的。」段仕鴻說。

「如果那不是他們真正的理由呢？」范琬如抬起頭。

「什麼意思？」

「昨天凌晨……你……」范琬如咬了一下嘴唇，彷彿用很大的力氣才擠出話來，「你去了哪裡？」

段仕鴻霎時一愣，原來她早就發現了。他跳下沙發，蹲在她跟前，說：「那完全是兩回事，我可以解釋。」

「你為什麼沒告訴我？」范琬如說。

「琬如，那絕對不是我，你要相信我。」段仕鴻說。

范琬如凝視著他的臉龐，慢慢伸出右手，輕覆在他臉頰上，說：「我相信你，我知道不是你。我只是擔心你惹了什麼麻煩。」

段仕鴻心頭流入一陣溫暖，緊握著她的雙手。當下將潛入別墅的事情說了一遍，提到那翻看日記的人的時候，范琬如沉吟了一會。

「你覺得……這個人和兇案有關嗎？」范琬如說。

「我不確定。但是……我能確定他很熟悉那棟別墅。他從大門進來，直接來到二樓周鈺扉的房間，沒有半點猶豫。他到那裡去，就是為了去尋找某個東西，最後找到了日記。我想，所有的答案，都在他撕下的那頁日記裡。」段仕鴻說。

「有看到長相嗎？」范琬如說。

「沒有，我隔著櫃子門，光線又很暗。只知道是個男人，身材中等偏瘦，有點駝背。」段仕鴻說。

「但是他有鑰匙。」范琬如喃喃自語：「什麼人才會有鑰匙？」

「那棟別墅是周鈺扉舊家，所以擁有鑰匙的人，一定曾經跟她往來甚密。」段仕鴻說：「家人、朋友、前男友都有可能。」

「最可疑的是她媽媽，她故意把矛頭指向你。」范琬如說。

「可惜，不是她。」一個念頭如雷電般閃過腦海，段仕鴻想起樓梯上的圓點印痕。那會不會是高跟鞋的鞋跟印？難道比他早來過的人，就是她媽媽黃筱怡？

「如果再一次看到那個背影，你認得出來嗎？」范琬如說。

「我想可以。」段仕鴻看見范琬如溜轉的眼神，瞬間會意過來，說：「你該不會想……」

「想要知道答案，就只剩這個方法了。」范琬如說。

「這樣好嗎？」段仕鴻說：「我已經被懷疑了，也許該避免和周家人有更多接觸。」

「既然都已經被懷疑了，懷疑的多和少有什麼差別？」范琬如說。

段仕鴻走到窗邊，瞇起眼睛往下眺望，那台警車已經走了。

「我會去拜訪她家。」段仕鴻轉過頭，說：「但我要你待在家裡。」

「為什麼？我可以幫忙的。」范琬如說。

「我知道你可以。但我擔心的是，如果下手的是孕婦殺手，你的出現只會讓你暴露更多的危險。」

段仕鴻說。

「我會照顧自己。」

段仕鴻搖搖頭，語氣很堅定：「自從當年的事件後，我對自己承諾過，不會再讓你承受任何的危險。這一次也是。」

*

在這幾乎沒有隱私的年代，只要有心，人人可以成為變態。要找到一個名人的家並不是難事，尤其是——一個重度社群媒體使用者。

周鈺扉幾乎把所有生活大小事都分享在網路上，大至出國旅行，小至三餐甜點，都詳細記載在她的個人網頁。

段仕鴻研究了一陣子，發現其中有間甜點店的出場率特別高，可以猜測甜點店就在周鈺扉家附近。以走路七到十分鐘的時間來預估，大約是五百公尺的距離。

而周鈺扉曾急急忙忙的到鴻品牙醫看診，以常理推斷，診所距離她家應該也不遠。

段仕鴻在電腦上點開google地圖，以鴻品牙醫、甜點店為中心，五百公尺為半徑，畫了兩個圓。兩個圓相交了十幾條街，其中三個街區更屬於精華高價地段，周鈺扉的家很可能就在那裡。

只是這範圍還太大了，他還需要一些線索，一點點關於街景或房子的特徵之類的……什麼都好。他的手指在手機螢幕上快速滑動，忽然間一張照片吸引了他的注意。

那篇貼文寫著：「素顏出門囉！希望不會被認出來。」照片裡，周鈺扉戴著一頂深灰色的畫家帽，大大的墨鏡幾乎遮住了半張臉，看背景裡的光線應該是站在家門口。

她的墨鏡反射著太陽光，清楚映照出對街的影像——一棟高聳入雲的摩天大樓，頂端呈現一個三十度的斜角。算是很有特色的建築。

段仕鴻決定開車出去查探。跟著google定位，他很快來到精華路段，轉過一個彎，兩側高樓大廈比鄰而立，像在競爭著誰比較高。

段仕鴻放慢車速，尋找著目標，終於在前方不遠處發現那棟摩天大樓。他停下車子，眺望對街，整排大樓裡只有一棟透天房屋，佔地廣大，外觀特別新穎。木竹色的圍籬包覆著五層樓高的建築，看來是近幾年才興建的。

周鈺扉是三年前搬家，很可能就是這棟房子。而現在問題是，他該如何進去？

就在此時，一台計程車停在門前，三個打扮華貴的中年婦人一同下車，走向大門。隔了一會，又一台計程車到來，這次是一對夫婦走了進去。在接下來的十五分鐘裡，陸陸續續有人進去。

段仕鴻幾乎可以肯定裡頭正在舉辦活動。這對他而言是好消息，也許有機會能混進裡面。

他在房子外徘徊，假裝在欣賞行道路上的花圃，一邊斜眼向門口瞥去。籬笆門敞開，一條石子小徑直通門前。門外站著一名保全人員，西裝筆挺，手裡拿著一個板子，對著每個入門的賓客核對名單。

兩個女人經過他的身邊，對話聲清楚傳入耳際。

「唉，筱怡家的孩子……真可憐。」

「雖然還沒找到屍體，只怕早就凶多吉少了。這祈福茶會也只是辦好看而已。」

「噓——別說了，小心被人家聽見。」

段仕鴻轉身，想要搭話卻不知道該說些什麼。眨眼間，錯過了機會，那兩個女人已走進門口。

正在煩惱間，一隻厚實的手掌搭上他的肩膀，身側傳來宏亮的男人聲音：「段醫師，你怎麼在這裡？」

段仕鴻抬起頭，看見一張方正的臉龐。那人蓄著一頭山羊鬍，手腕上配戴金色的名牌手錶，和他揮了揮手。

「你是……」段仕鴻努力在腦海裡搜尋名字。眼前的五官十分眼熟，好像見過幾次面，卻忘記是什麼時候。

「伊慈的爸爸，我叫錢俞富。」那人笑了起來，額頭上的抬頭紋透露出年紀，「記得我嗎？我女兒的牙齒一直都是給你看的。只是最近比較忙，都是我老婆帶去。」

段仕鴻頓了幾秒，終於想起幾天前的小女孩，因為無法配合治療，建議下次請爸爸帶來。當時媽媽曾表示，爸爸因為孕婦殺手的事情忙到不可開交。

「喔，我記得，我記得。伊慈前幾天才來看過牙齒呢！」段仕鴻說：「好巧，在這裡遇見你。」

「你也是來參加周家的祈福茶會嗎？」錢俞富說。

「我……」段仕鴻吞了一口口水，說：「對，沒錯。」

「唉，可憐的扉兒，發生這種事。」錢俞富搖搖頭，說：「她爸爸是我老朋友，只有這麼一個寶貝女兒，把她捧在掌心疼得不得了。可惜目前在國外聯絡不上，要是他知道了這件事，不知道會有多著急呢。」

「那一定很難受。」段仕鴻說。

兩人的腳步緩緩朝門口移動，經過門口的保全時，錢俞富只是微微點頭，保全就放行讓他們進入。一走進去，裡頭是個格局方正的客廳，角落擺放著兩組淺橘色的沙發，牆上的油彩畫橫跨了兩面牆，彩繪著一群天使們在聚餐。賓客們或坐或站，或聊天或喝茶。濃厚的伯爵茶夾帶著柑橘甜香，盈滿了整個空間。

不遠處有人朝錢俞富揮了揮手，說：「議員，你來了。」然後走了過來，搭著錢俞富的肩膀閒聊去了。

段仕鴻走到牆角，觀察著這群上流社會的人。在一張張關心悲憐的臉孔下，是否藏著那個對她狠心下手的人？那個偷走日記的人，又是否隱匿其中？

賓客以中年婦女為主，偶爾有幾位身穿黑色西裝的男人穿梭而過。周鈺扉的母親黃筱怡坐在正中央的沙發區，被五名婦人圍繞著。一名婦人摟著她的肩膀，正輕聲細語的安慰她。

段仕鴻挪動腳步，悄悄往她們的方向靠近，然後轉身背對她們，假裝在欣賞紅酒櫃裡的珍藏。聊天聲音細細碎碎，輕輕飄進他耳朵。

「黃姐，別太難過了，保重身體要緊。」

「是啊，你看你，臉色這麼蒼白。要是你老公看到了，還不心疼嗎？」

「別說了，我到現在還不敢跟他說。」黃筱怡說：「我對外跟大家說聯絡不上，其實是……我……我要怎麼跟他開口？他當初娶我的時候，對我只有一個要求——就是好好照顧他唯一的女兒。現在……現在……可怎麼辦才好？」

「黃姐，這不是你的錯。說句老實話，那小孩野得跟她過世的媽媽一個樣，你怎麼管得動？」一個婦人說，她的話立刻被黃筱怡壓了下來。

「噓——別在這裡說這個。被人家聽到了，又要被做文章了。」黃筱怡說。

「誰會做文章？這裡都是你的好朋友，大家都支持你的。那小孩當年多愛刁難你、羞辱你，還當著大家的面笑你沒腦袋。那些行為，要不是這幾年改善多了，我可都要站出來幫你出氣了。」

「不管怎樣，我老公下禮拜就要回來了。」黃筱怡越說越小聲：「我總要讓他感受到我有多難過、多自責，否則下次坐在這裡喝茶的，只怕就不是我了。」

「別擔心，這裡這麼多人，大家都看在眼裡的。」

「哭吧，哭得大聲點。」

段仕鴻這時才恍然大悟，難怪黃筱怡如此年輕，原來她是周鈺扉的繼母。從方才的語氣聽起來，母女兩人相處頗有摩擦。然而她最擔心的，就是失去丈夫給的財富和地位。

這也解釋了為什麼會舉辦這個祈福茶會——她要在場所有人做見證，她有多麼傷心、多麼自責。倘若事情真的一發不可收拾，總有這些有權有勢的人為她說句話。

他微微回頭，用眼角餘光偷瞄。黃筱怡手按胸口，將剛剛喝進嘴裡的茶都吐了出來，那只吃一口的花生脆餅掉落在地上。一旁的婦女大呼小叫，急著拿手帕幫她擦去嘴角污漬。

就在此時，一個男人撞開大門，跌跌撞撞的走了進來。

第五章—嫌疑犯

那是管家。

他的臉色蒼白，細瘦的手指抓著門板，胸口劇烈起伏。

「先生，你還好嗎？」旁邊有人伸手扶住他。

管家手掌輕揮，給了一個禮貌性的微笑，視線在所有人臉上轉來轉去，然後，停留在黃筱怡那張淚流滿面的臉龐。

他搖搖晃晃的朝她走去，附在耳邊小聲說：「夫人，我有事要跟你說。」

黃筱怡皺起眉頭，說：「你去哪裡喝酒了？這樣多難看，快下去。」

「不，夫人，夫人，我要告訴你一件事。」管家說：「一件大事。」

「不管什麼事，你先下去洗個澡，醒醒酒。」黃筱怡指著他髒兮兮的褲管。他的皮鞋前端沾滿泥土，足跡印一路從門口延伸過來。

「不，這是大事，比你在這裡假哭還更重要——」他接下來的話沒了，因為黃筱怡已經扯著他的領帶，將他拉向走廊。

幾名賓客探頭探腦，試著想了解發生什麼事。方才坐在黃筱怡身邊的婦女突然站起身來，大聲說：「我在這裡代替黃姐，感謝大家這麼臨時收到邀約，還能撥空前來參加茶會。在座各位都是最關心扉兒的人，我相信她一定會平安回到我們身邊。讓我們高舉手上的茶杯，一同為她祈福，好嗎？」

眾人紛紛應和，注意力很快轉移到她身上。段仕鴻忍不住在心中鼓掌，這麼機靈聰明的人，也難怪能在黃筱怡身邊溜轉。

趁著大家舉起茶杯，段仕鴻低下頭，鑽過人群，悄悄來到走廊上。黃筱怡和管家的交談聲從一扇門後傳了出來。

「你是怎麼搞的？在這麼多人面前給我丟臉——」黃筱怡說。

「我發現了當年那件意外……的真相。」管家說。

「什麼意外？」

「當年……三年前扉兒的意外，不，那不是意外。」

「那件事不是已經說好，不准再提了嗎？」

「不，咳……那很重要。」接著傳來管家劇烈的咳嗽聲，「還是……你早就知道了？」

「你給我聽好，現在外面有三十幾個客人，我沒空理你。你要說什麼，等茶會結束再說。」

接著傳來一陣腳步聲，段仕鴻只來得及側過身，下一秒，門就被推開了。黃筱怡瞥了他一眼，沒認出他來。她撥了一下瀏海，用力上抬嘴角，往人群走去。

管家跟在她後面出來。他神情恍惚，眉間彷彿堆著重重心事，對段仕鴻視若無睹。然後，他轉向另一側的樓梯，一步步踏上二樓。

望著他的背影，倏然間，段仕鴻全身如遭電擊。那個背影，那個房間，那個擁有鑰匙的人——不就正在眼前。

那張撕下來的日記紙，就在他的身上。他剛剛去了哪裡？又發現了什麼？他會是傷害周鈺扉的兇手嗎？

太多想法瞬間湧入腦海，段仕鴻跟了上去。二樓的走廊只點了一盞燈，管家腳步蹣跚，走向走廊盡頭的小房間。打開房門時，突然回頭望了一眼。

段仕鴻心中一跳，立即壓低背脊，匍匐在樓梯上。隔了一會，才悄悄探出頭來。盡頭的房門打開一條縫隙，透出一絲微光。但從這個角度，只能看見管家的右肩膀，看不清楚在做什麼。

段仕鴻彎低身子，躡手躡腳的踏上走廊。他已經錯過一次機會，不能再錯過第二次。他將身體貼在牆上，瞇起眼睛，從這個角度能看見管家手上的動作。

管家將一張紙放進攤開的書頁裡，然後「啪」一聲闔上，將那本厚重的墨綠色書冊塞進一旁的書櫃。段仕鴻感覺到呼吸漸漸急促，那張紙一定就是被撕掉的日記紙。所有的疑惑都即將解開，答案近在咫尺，只要……他能夠摸到那本書。

突然間「哐啷」一聲，不知道什麼東西被打翻。管家暗罵一聲，轉身出房。段仕鴻躲避不及，慌忙推開左手邊半掩的房門，躲了進去。他的心臟碰碰狂跳，不確定自己有沒有被看到，在這關鍵時刻，更無法將門闔上。

腳步聲迅速靠近，在門前停頓片刻。下一刻，房門赫然被推開，走廊的光線照射進來。

段仕鴻藏身門後，緊緊貼著牆壁，屏住呼吸。突如其來的光亮讓他認出所在的房間，這裡的擺設和舊別墅裡一模一樣：掛著簾幕的公主床、角落的暖爐、和佔據一整面牆的衣櫃。

然而，這一切都不及他轉頭那一刻來得震驚——他的左手邊站著另一個年輕男子，戴著鴨舌帽，身穿寬鬆的黑色T-shirt，眼睛瞪得和他一樣大。

管家粗重的呼吸聲只隔著一扇門板，停了幾秒，終於關上門離去。

下一瞬間，段仕鴻和年輕男子同時衝出門後。兩人面對面站著，在黑暗中互相打量，誰也沒先開口。彼此心知肚明，他們都不應該在這裡。

然後，段仕鴻認出了他。他是照片上的男人——江衛君。

「嘿，老兄，我們裝作什麼都沒看見，自己走自己的。怎麼樣？」江衛君說。

段仕鴻很想點頭，但眼前的人行跡可疑，在周鈺扉失蹤後，鬼鬼祟祟出現在她的房間。傳聞他有暴力傾向，會不會……下手的就是他？

「老兄，不管你在想什麼。」江衛君挺直胸口，說：「你攔不住我的，你知道吧？」

「你在這裡幹什麼？」段仕鴻說，同時紅了耳根，他知道自己根本沒有資格這樣說。

「你才在這裡幹什麼？」江衛君說。

就在此時，樓下傳來一道驚慌的尖叫聲，聽起來像是黃筱怡的聲音。段仕鴻和江衛君對看一眼，兩人同時動了。

江衛君轉身衝向窗戶，縱身一跳，消失在黑暗中。同一時刻，段仕鴻打開房門，衝下樓梯，看見一群人圍著什麼東西驚呼叫嚷。

他快步向前，撥開人群，這一瞧，不禁倒抽一口氣。管家頭朝下方，趴倒在地，手上還握著喝到一半的保溫瓶，水漬灑了一片。

「叫救護車！」他大聲說，蹲下身，用食指和中指觸碰管家的脖子——頸動脈已停止了跳動。

警車在十五分鐘後抵達。客廳拉起了封鎖線，所有賓客都被趕到花園裡，禁止出入。

幾名警察穿梭在人群間，問了一些問題。段仕鴻看見拜訪他家的男警和女警也在其中，正在和黃筱怡說話。

「所以，他從二樓下來以後，發生了什麼事？」

「我沒看到，我在和客人說話。突然間聽到『磅』一聲，一轉頭，就看見他倒在地上。」黃筱怡用手帕擦拭著眼角淚水。

「當時他手上拿的保溫瓶，是他自己的嗎？」

「對，他只喝溫水，所以都隨身帶著自己的保溫瓶。不管出門還是在家，都是用那一個。」黃筱怡說。

「他今天有出門過，是嗎?去了哪裡？」

「我不知道，我想是去喝酒了。因為他回來的時候，講話語無倫次，連表現都沒有平常的沉穩。」

「謝謝你。」女警放下筆記本，然後，拿起一塊記事板，說：「另外，這是今天的賓客名單，對嗎？」黃筱怡點點頭。

男警抬起頭，目光正好對上段仕鴻的眼睛，說：「有人不在上面的嗎？」

「我不知道。不過門外有保全在看守，應該……是不會。」黃筱怡說。

男警搶過記事板，快速掃描而過。段仕鴻心中暗叫不妙，但為時已晚，男警一個箭步上來，擋住了他的去路。

「我想你不在名單上吧，段醫師？」

*

已經過了四個小時。

段仕鴻坐在警局的偵訊室裡，望著手錶上的時間「滴答、滴答」的流過，想著范琬如的臉龐。現在已經深夜了。她會是憤怒還是擔憂，會是傷心還是冷靜？她會衝到警局，還是躺在床上輾轉難眠？

他唯一知道的是，他搞砸了。

有個兇手在他眼皮下殺了人，還是那個最靠近真相的人。也許，就是因為管家發現了什麼，才會被下毒手。這麼說來，管家生前去過的地方就是關鍵。他回來時鞋上沾滿泥巴，一定不會是個高級的地方，也許是郊區或是農場什麼的。

不管什麼地方，都一定跟日記裡的記載有關。或許周鈺扉曾寫下一個地方，管家前去，發現了驚人的祕密。

只是以目前的狀況，他沒有辦法向警方提及日記的事情，否則就必須解釋自己那晚的行蹤——而那正是警方懷疑的開始。

祈福茶會上，其實還有一個不在名單上的賓客。會是他嗎？只是……如果告訴警察看到了他，他也可能反咬自己闖入二樓。

唉，如果現在不是嫌疑犯就好了，如果辦案的人是謝英就好了。

門終於打開，那對男警和女警走了進來，拉開椅子，坐在桌子對面。

男警手指交扣放在桌上，開口說：「你好，段醫師。我們該來談談，你為什麼在那裡？」

「我想找謝英。」段仕鴻說。

「很抱歉，謝副局長現在在忙。」男警說。

「聽著，我可以幫忙，只要你們讓我跟謝英說話。」段仕鴻說。

「你可以幫忙？」男警將眼鏡往上一推，「你知道什麼？」

段仕鴻閉上嘴巴，意思很明顯。

「既然這樣，」男警嘴角下撇，說：「你為什麼闖入茶會？」

「你在我家質問我的問題，讓我發現黃女士對我有很多誤解。我打算去當面問她。」段仕鴻說。

「但是你沒有受邀，是怎麼進去的呢？」男警說：「我們在二樓的窗戶邊發現鐵勾的痕跡，你是用繩子爬進去的嗎？」

段仕鴻恍然大悟，原來江衛君是這樣進去的。

他搖搖頭，說：「我從大門進去的。我到了現場，才知道在舉辦茶會，剛好遇到認識的錢議員，就跟著他走進去。」

「錢議員？」

「錢俞富先生。」

男警在紙上寫下名字，又繼續說：「但是，黃女士表示，她根本不知道你在現場，也完全沒有跟你交談。」

「對，我一直在……找時間。」段仕鴻說：「她有太多客人要應對，沒什麼空隙能和她說話。」

「這段時間裡，你有跟誰交談過嗎？」

「沒有。我只是想找黃女士說個話，不想節外生枝。」段仕鴻說。

「那麼，你有去過廁所或廚房嗎？」

這個問題太突兀了。段仕鴻愣了一下，說：「你覺得毒藥在廁所或廚房？」

警察既然鎖定這兩個地點，代表已有初步懷疑的藥物。如果會出現在廁所或廚房，大多是比較常見的日常用品，很可能是清潔劑或殺蟲劑等等之類。

男警瞇起眼睛，說：「你好像很肯定，管家是被毒殺身亡的。」

「他在大庭廣眾之下，喝水後倒地。只有可能是被下藥吧？」段仕鴻說。

男警沉默著，瞪視他許久，然後開口說：「管家死亡的時候，你人在哪裡？」

「我……我站在牆角，突然聽到尖叫聲，轉頭看見一群人圍上去，才發現管家倒在地上。」段仕鴻說。

「回到剛剛的問題，你去過廁所或廚房嗎？」男警說。

「沒有。」段仕鴻搖搖頭，忽然說：「我覺得毒藥不在那裡。」

「你說什麼？」男警說。

這下連一言不發的女警都睜大了眼睛。

「他進門的時候，已經有些身體不舒服的跡象，呼吸急促、走路搖搖晃晃，很可能那時已經喝了一小口水，只是因為劑量不大所以沒有發作。直到後來他又灌下一口，藥效才真正發作。」段仕鴻說。

女警忍不住插嘴說：「你的意思是……對他下毒的人不在茶會裡？」

「我認為，他去過的地方才是真正的關鍵。」段仕鴻說。

「多棒的推論啊！這麼一說，你不就一點嫌疑都沒有了嗎？」男警說。

段仕鴻聳聳肩，說：「信不信隨便你。」

「那麼，你覺得他去了哪裡？」男警說。

「我不知道。」段仕鴻說。

男警朝女警點點頭，女警翻開資料夾，拉出一張照片。段仕鴻瞥了一眼，立刻認出他自己。那是他在周家舊別墅前打探的畫面，他坐在車內，眼神直盯著房子。

「現在知道為什麼會拜訪你家了？」女警說。

「這是誰拍的？」段仕鴻說。

「誰拍的不重要，重要的是——」

「很重要。」段仕鴻插嘴說：「代表那人也在注意那棟房子。」

「這是匿名的，我們不知道是誰。」女警說。

「不管是誰，他是有心的。」段仕鴻說。

「你也是有心的。」女警將照片往他的方向推去，「你能告訴我，為什麼出現在那裡嗎？」

段仕鴻將環口放射影像和周鈺扉口內牙齒不符的狀況說了一遍，表示自己找出病歷住址，想去問個清楚。

「所以，你和周小姐最近只見過一次面？」女警說。

「對，就是看診那一次。」段仕鴻說。

女警收起資料，說：「最後一個問題，你有什麼沒有告訴我們的嗎？」

「沒有，」段仕鴻搓揉著手指，說：「沒有。」

段仕鴻回到家時，天色已經微明。客廳裡點著一盞昏黃的小燈，范琬如坐在沙發上，正在縫製櫻桃花色的三角帽，眼淚一顆顆滑落臉頰。

她聽見開門聲，立刻抬起頭來，丟掉手中的針線，奔入他懷裡。

「對不起，對不起。我不應該出這個餿主意，叫你去周家打探。都是我的錯。」范琬如說。

「對不起讓你擔心了。」段仕鴻說。

「是我的錯，對不起，我下次不會再亂出主意。」

「不，別這麼說，那是個好主意，只是出了意外。」段仕鴻雙手搭在她的肩上，說：「我找到那晚拿走日記的人了，只是，他卻死在我的面前——」

「不管是誰，我們別管這件事了，好不好？」

「琬如，我很靠近真相了。只要我能搞清楚當年的意外是什麼，這一切就會有跡可循。」

「我不想知道意外是什麼，只想要你平平安安的，好嗎？」范琬如說。

「我沒事。你看，我不是好好的在你面前嗎？」段仕鴻說。

「你一點都不好。一個人在你面前被殺了，如果今天……是你怎麼辦？」范琬如眼眶又紅了，「我在縫帽子的時候，忍不住一直想到……如果今天出事的是你，那我……我……我肚子裡的小孩……就要沒有爸爸了。」

「不會的，琬如，不會的——」

「而那都是因為我。因為我自作聰明，出了一個餿主意。」范琬如不斷搖頭，霎時淚如雨下，「阿鴻，放下這些事情，好不好？我怕，我真的很怕……失去你。」

「我真的只差一點點了。拜託，就讓我再調查一下。只要能知道當年的意外，或是那張日記——」

「可是，你想過代價嗎？」范琬如說：「已經有兩個人出事了。再繼續查下去，我們會付出怎樣的代價？」

「琬如，如果你是唯一發現線索的人，可能挽救一條還活著的人命，你會在現在收手嗎？」段仕鴻咬了一下嘴唇，說：「就像那時，如果我提早報案失蹤，也許她就不會出事了。」

「不管什麼代價，你都覺得值得嗎？」范琬如說。

段仕鴻將她摟在懷裡，說：「只要代價不是你，我什麼都不怕。」

范琬如嘆了一口氣，兩人相對無語，良久良久。

*

隔天早上，段仕鴻拖著疲累的身軀，拔了兩顆阻生牙。下午一開診，又是一個要拔牙的病人。

小男孩吳彥坐在診療椅上，左手摸著臉頰。一個滿臉橫肉的男人坐在一旁，翹著二郎腿，刺青一路從脖子延伸到手臂。

「我帶爸爸來了，我要拔牙。」吳彥說。

段仕鴻瞧了男人一眼，和那天在便利商店前看到的男人不一樣，但是，他無法確定誰才是小男孩的爸爸。他有些猶豫，最後拿出一張拔牙同意書，說：「既然是這樣，要請爸爸在同意書上簽名。」

男人粗魯的接過，下巴朝吳彥一點，說：「簽他的名字？」

「不，請簽自己的名字。」段仕鴻說：「如果簽了別人的名字，那是偽造文書。」

「偽造文書？只是寫錯字而已，那會怎樣？」男人說。

「是可能要坐牢的。」段仕鴻說。

「坐牢？」男人咧嘴笑了起來，露出整排檳榔渣的牙齒，「其實也沒那麼可怕。」

段仕鴻眨眨眼，臉上不做任何表情。

男人握著筆，筆尖停在同意書上方，隔了幾秒，還是放下了筆。然後他站起身來，走到段仕鴻身側，有意無意的給人一種壓迫感。

「聽著，不要搞這些無聊的鬼東西。一顆爛牙齒而已，直接拔掉不就好了！不知道你在堅持什麼。」

「很抱歉，這是規定。」段仕鴻說。

「去你媽的規定！你知道什麼才是規定？老子說的，就是規定。」男人站得更近了，腰間幾乎要頂到段仕鴻的右手臂。

威脅意味之濃厚，讓段仕鴻坐直身體。過往那些醫療暴力新聞拂過腦海，他用眼角餘光掃過診療台，尋找一個可以用來防身的東西，口鏡、鑷子、探針、面罩、拔牙鉗……他的手指緩緩靠近拔牙鉗。

忽然間，吳彥大聲說：「叔叔，你怎麼可以這樣跟醫師說話？他是幫我的人，不是害我的。」

男人轉頭，狠狠瞪了吳彥一眼，說：「對，我就是壞人，永遠都是壞人。你牙齒痛是你家的事，不要再叫我幫你。」說完大步離去。

吳彥大叫：「叔叔，叔叔。」跳下診療椅，對段仕鴻九十度鞠躬，說：「段醫師，對不起。」然後跟著跑了出去。

段仕鴻轉過椅子，這才吐出一大口氣，望著上次寫的註記單：「有禮貌，觀察力強，忍耐力強。似乎是單親家庭，爸爸為主要照護者。」

他用筆頭輕敲桌面，想了一會，註記了今天的日期，接著寫下：「聯合叔叔一同說謊。叔叔似乎曾經坐牢，有暴力傾向。」

他有些感嘆，這樣的一個小孩卻生存在這樣的家庭，在謊言和暴力的陰影下成長。很難想像他長大會是什麼樣子？會維持筆直向上，還是往其他方向傾倒而去？

然而，一個小孩即是一個家庭的縮影。在滿是黑色的染缸裡成長，又有誰能永保純白？

想到這裡，段仕鴻拍了一下額頭。他自己呢？他有資格當爸爸了嗎？等小孩出生以後，他的一舉一動都將被放大、模仿。他準備好面對自己的縮影了嗎？

助理的呼喚聲將他拉回現實，提醒他下一個病人來了。他將註記單整理好，放在一旁，目光卻停留在「暴力傾向」四個大字上。

等會下班後，要去拜訪的那個人，傳說中也具有暴力傾向。但是，那也是他最大的機會——最有可能告訴他當年意外的人。

第六章——暴力情人

夕陽西下，段仕鴻開車前往位於北區的鋼億修車廠——這是柯毅豪查到江衛君上班的地方。

他一邊聽著搖滾樂，一邊思索著等會該如何應對。江衛君直接說出真相的可能性很小，幸好，段仕鴻握有他的把柄。

下了跨河大橋，鐵皮搭建而成的修車廠就座落在左側。白色的看板已經被歲月刷成灰色，空地上停著兩三台被拆解的車子。

一個白髮老人坐在扶手椅，雙腳翹在櫃檯桌上，看樣子是老闆。

段仕鴻停好車，推開車門。一個年輕健壯的員工迎了上來，一邊用抹布擦拭手掌上的髒污。

「車子怎麼了？」那員工說。

「喔，我不是來修車的。我是來找朋友的。」段仕鴻說。

「誰？」

「江衛君。」

員工轉過頭，和白髮老人對望了一眼。段仕鴻立刻感覺到不對勁。

「你是他朋友？」員工說。

「嗯……」段仕鴻清了一下喉嚨，說：「我們見過一次。」

白髮老人緩緩走了出來，手上還拿著大型板手，說：「你看起來不像他朋友。」

段仕鴻抿抿嘴，說：「你請他出來不就知道了？」

「他不在。」老人說。

「好吧，那我明天再來。」段仕鴻說。

「他明天也不在。」老人說。

這下段仕鴻明白了他的意思。他雙手交叉在胸前，說：「那他什麼時候會來？」

「他不會回來了。」老人說。

「他辭職了？」段仕鴻說。

「算是。」老人說：「他昨天晚上說短時間內不會回來。」

「發生什麼事？」段仕鴻說。昨天晚上也就是江衛君從茶會回來之後，他知道了什麼？為什麼要逃走？

「不知道。」老人上下打量著段仕鴻，說：「你該不會是來討錢的吧？」

「我不是。他欠誰錢嗎？」段仕鴻說。

「我只是猜的。不過他戒毒很久了，應該是不會。」老人說：「沒事的話，就請你走吧。」

那個員工一直站在一旁，這時突然拍手了一下手，大聲說：「啊，我想起你是誰了！你是那個殺了管家的兇手。」

這句話像一記重擊打在臉上。段仕鴻眉毛豎起，走上兩步，說：「你說什麼？」

「別殺我啊！我只是講話比較直而已。」員工說。

「你再胡說八道，小心我提告。」段仕鴻說。

員工噘起嘴，小聲說：「等警察找到證據，就不是胡說八道了。而且，這麼多人都在傳，你告得完嗎？」

段仕鴻心中一驚，立刻拿起手機，點開周鈺扉的個人網頁。在最後一篇看牙的貼文下方，已累積了八百多則留言。其中最多人點讚的，是那個叫做「小小」的網友，寫著：「扉兒的管家死了，聽說這間診所的老闆就是嫌疑犯。」

從這篇留言開始，底下有著一連串不堪的言論，像是：「所以他殺了扉兒，又殺管家，是要殺光周家人嗎？」「他該不會和扉兒有一腿吧？」「好屌，說不定那些孕婦也是他殺的。」「聽說他老婆也懷孕，該不會連妻兒都殺吧？」「哪間牙醫診所？來去朝聖一下。」

段仕鴻越讀越心驚。他的拳頭逐漸握緊，指甲刺入掌心，只覺得一股憤怒囤塞在胸膛，隨時準備炸開。

員工後退了兩步，說：「你……你幹嘛？殺人兇手，別過來。」

「昱傑，別亂說話。過來！」老人說。那員工飛也似的逃到老人背後。

段仕鴻手按胸口，努力控制著呼吸。不敢相信才短短一天內，就被硬冠上如此的罪名。這些陌生人和他無冤無仇，講起話來卻連針帶刺，字字扎進他心坎。

老人走上兩步，右手輕拍段仕鴻的肩膀，說：「年輕人，這個表情我看過。你受了冤屈吧？」

段仕鴻抬起頭，緊咬著牙齒，不說話。

「當年，衛君也受了不小的冤屈。」老人說：「那周家仗著錢多，講話大聲，又認識議員，把衛君講成一個暴力的跟蹤狂。其實他又做了什麼？只不過是在那女人家門口等她出來，然後輕輕抓了一下她的手而已。」

老人繼續說：「是那女人用力甩掉他的手，害得自己摔在地上，然後大聲哀號，把房子裡的人都叫了出來。她媽媽大驚小怪，喊著說要送急診。那時屋裡還有個錢議員，他警告衛君不准再靠近扉兒，否則就要申請保護令。」

「這是江衛君自己說的？」段仕鴻說。

「是他說的，那又怎樣？這件事情的經過，不去問當事人，要去問誰？難道用鍵盤說話又不用負責的那群人，會比當事人還懂嗎？」老人說。

「你說的對。」段仕鴻點點頭，說：「是我先入為主了。」

「你也不是先入為主，是被帶壞了。這些事情發生之後，你猜民眾會支持誰？當然是說話大聲的那一方。這年頭，不管說的是實話還是謊話，總之把話喊進人們耳朵裡，人們就相信了。」老人說：「然後一傳十，十傳百。越多人這樣說，事情就越加真實。最後，又有誰在乎真正發生了什麼事？」

員工耳朵赤紅，雖然這番話不是對他說的，卻像是指著他罵。段仕鴻暗自對老人豎起大拇指，老人雖然白髮蒼蒼，眼睛卻明亮得很。

「可憐的衛君，就這樣失去了酒保的工作、和好不容易到手的演員位置。」老人指著段仕鴻，說：「年輕人，你振作點。我這邊沒辦法再收留一個找不到工作的傢伙。」

員工扯著老人的衣袖，說：「億伯，衛君是衛君，這人是這人。你怎麼能肯定他是被冤枉的呢？」

「因為，這個表情我看過。」老人說。

「謝謝你，老伯，真的。」段仕鴻說：「既然如此，我也沒有什麼好隱瞞的。我不是江衛君的朋友，只是需要他幫我釐清一些事，好讓我擺脫周家的這些麻煩。在這個時機點，我真的很需要幫忙。」

老人想了一會，說：「這條路過去，第二個紅綠燈左轉，直走到底有個小木屋，他就住在那裡。我只能幫到這，至於他願不願意幫你，要靠你自己了。」

「謝謝。」段仕鴻跳回車上，直往木屋而去。

木屋位置偏僻，附近只有兩戶人家。沿途過來，段仕鴻看到幾隻雞在圍欄裡奔走，糞肥味透過微開的車窗飄進鼻中。很難想像，一個年輕的男子居然住在這麼鄉村的地方。

他遠遠就看見斑駁的木牆，屋頂傾斜歪倒。木門外的黑色轎車發出低沈的引擎聲，從打開的前車門可以瞧見鑰匙插在駕駛座上，後車廂則被高高掀起，裡頭放著一個行李箱。

億伯說的沒錯，江衛君準備要出遠門。

段仕鴻迅速停車，跑向木屋，剛好遇見提著黑色包包走出來的江衛君。他張大嘴巴，一連後退了好幾步，說：「你……你……」

段仕鴻說：「你好，抱歉突然來找你。我是來──」

「他們在哪裡？」江衛君左顧右盼。

「誰？」

「別裝蒜，他們在哪？」

「誰在哪？」段仕鴻說：「這裡只有我。」

江衛君拉長脖子，望向他身後，說：「警察呢？」

「警察？」段仕鴻挑高眉毛，說：「你做了什麼事？」

「什麼？難道你沒告訴他們嗎？」江衛君說。

「關於你出現在茶會的事嗎？」段仕鴻說：「沒有。我應該說嗎？」

江衛君愣了幾妙，然後露出一個如獲大赦的表情，說：「喔，天啊，你什麼都沒說嗎？天啊，你真是好人，太感謝了，太感謝了。」他發出「嗯啊」的親吻聲，「新聞說，茶會有個不請自來的人，很可能就是嫌疑犯，我就在想你一定會把我供出來。你看，暴力前男友，」他指著自己胸口，「那嫌疑會有多大！只怕我直接被抓去關，都不會有人替我喊冤。」

「那你一定能了解，我需要你的幫忙。」段仕鴻說。

「幫忙？我能幹嘛？」江衛君說：「這個世界根本不想聽我說話，我能幫上什麼？我講什麼他們都不會信。而且，說真的，我也不知道你是不是兇手。」

「你覺得我是嗎？」段仕鴻說。

江衛君上下打量著段仕鴻，說：「我覺得你不像。但是，我不知道，電影裡的大壞蛋通常都很斯文，所以——」

「如果我是兇手，我第一時間就會跟你一起跳窗逃走，怎麼會留在現場？如果我是兇手，早就供出你來，來減輕我的嫌疑。」段仕鴻說：「所以，你覺得我是嗎？」

「這麼說也有道理。你應該不是。」江衛君將黑色包包重新甩到肩上，說：「我的行李有點重，我先放回去。喔，不，等等，你不能進來——」

但話太遲了，段仕鴻已經走了進去。屋裡空間狹小，只有一間臥室和一間廁所。東西散落滿地，看樣子是因為剛剛在整理東西。

「你真的很擅長在沒人邀請的情況下，闖進人家家裡，對嗎？」江衛君說。

「彼此彼此。」段仕鴻說。

段仕鴻四下打量，屋內連一張椅子都沒有，地板上的灰塵都能堆成一座山丘。衣櫃門敞開，四五件衣服丟在床上，地板上散落著不知道穿過還是沒穿過的襪子。

江衛君把包包往地上一甩，說：「所以，你到底找我幹嘛？」

「我想問你……」段仕鴻忽然瞥見衣櫃裡掛著一件粉紅色風衣外套。他心中一懍，悄悄挪動步伐，往衣櫃靠近。

「我只是去拿回我的東西。」江衛君說。

「什麼？」段仕鴻說。

「你想問我，那天為什麼在那裡，對嗎？我只是去拿回我的東西。她一直不願意跟我聯絡，我只好自己偷偷拿回來。」

「拿什麼東西？」段仕鴻在衣櫃前停下腳步。現在他看得清楚，這的確是一件女人的外套。

他回頭打量江衛君，這人滿臉鬍渣、不修邊幅的樣子，怎麼看都不像是有交往對象。那麼，這件外套是怎麼來的？難道，他跟周鈺扉失蹤之事有關嗎？

段仕鴻深吸一口氣，起了警覺心。他太大意了，沒有告訴任何人他來這裡，除了修車廠的人——但他們也可能是同一夥的。

他眼角餘光瞥見角落拄著一根棒球棒，也許他可以……

就在此時，江衛君走到棒球棒跟前，說：「我拿什麼東西也要跟你報備嗎？你是我老子？」

「那你……拿到了嗎？」段仕鴻後退了一步。

「沒有，她大概丟了吧。那女人……只要是跟我有關的東西，都掃進垃圾桶了。」江衛君說。

段仕鴻沒有回答，心中飛快盤算著脫身的方法。他的目光在屋子四周掃來掃去，赫然間，地板上的一道切痕吸引了他的注意力。切痕上方被一個紙箱蓋住，附近有一個區塊特別乾淨，一塵不染，感覺是常常拖曳出來的痕跡。

一個瘋狂的念頭撞上他的腦袋：那紙箱下藏著一個地下室？

「嘿！」江衛君右手在他面前揮舞，「聽著，從來沒有人進到我屋子裡來，是看在你為我保密的份上，我才忍受這麼久。你要是沒別的事，就閃人吧！」

「從來沒有？」段仕鴻說。

「從來沒有。所以，你就知道你有多幸——」

「那麼，」段仕鴻轉身抽出那件粉紅色外套，說：「你怎麼會有這件？」

江衛君大驚失色的表情透露出心虛，他搶過那件外套，說：「這不是……這是……扉兒送我的。」

「她送你……她的外套？」段仕鴻說。

「對，你不要再多管閒事。」江衛君說。

段仕鴻走上一步，說：「周鈺扉在哪裡？」

「什麼？」江衛君張大了嘴，瘋狂搖頭，說：「不，不不不，你該不會以為我……」

「她在哪裡？」段仕鴻大聲說。

「我不知道！我他媽的怎麼會知道？」江衛君說。

「你不知道？」段仕鴻快步走到紙箱前，箱裡裝著一些廢紙和保麗龍，輕輕一踢就踢開了。

「不不不！不行！」江衛君衝了過來，想推開他，卻被他側身閃過。

地板上露出一個四四方方的切痕，其中一條下方有個凹陷。段仕鴻用食指勾住，將整片地板翻了開來。底下露出一個金屬梯子，直通下方漆黑的地下室。

江衛君臉色慘白，說：「你聽我說，事情不是你想的那樣。」

「你先下去，開了燈，然後站離梯子遠遠的。」段仕鴻說：「只要你意圖攻擊我，我會立刻傳訊息出去，告訴所有人你出現在茶會，還有這個地下室的事情。」

「別，我下去就是了。」江衛君說。

隔了一會，地下室傳來微弱亮光。段仕鴻跟著爬下梯子，眼前景象卻讓他目瞪口呆——在狹小的兩坪空間裡，牆上貼滿周鈺扉的照片。有些是和江衛君的合照，有些是獨自一人的自拍照，還有幾張特別裸露的照片。

地上雜物凌亂，但看起來都是用過的女性用品，指甲油、香水、和黏了頭髮的梳子。一本破舊的日記本攤開在地上，還可以看見彩色筆的塗鴉。

角落有張沙發，沙發上掛著一件粉紅色蕾絲胸罩和蕾絲內褲，還有一頂湖人隊的運動帽。

段仕鴻眨眨眼，一時無法消化眼前這一幕。這個空間裡充滿了周鈺扉的私人用品。這人是走火入魔的變態，還是殺人行兇的綁架犯？管家死前去過的地方是這裡嗎？是他趁著大家不注意時，在管家的水裡下毒嗎？

他該報警嗎？周鈺扉還活著嗎？

江衛君慌忙蹲下，將地上的東西一股腦兒丟進鐵盒裡，說：「這不是你想的那樣。這都是……那個……她以前送我的。」

「送你指甲油？還有香水？」段仕鴻說。

「對，她那個……總之……是她送我的。」江衛君說。

段仕鴻退後一步，背頂到了鐵梯，他深吸一口氣，舉起了手機——

「碰」一聲，江衛君打掉了他的手。手機頓時摔在地上，螢幕碎裂成蜘蛛網。

說時遲，那時快，江衛君從沙發夾縫中抽出一支手槍，對準段仕鴻的腦袋。

段仕鴻全身僵直，剎那間，只聽見自己「撲通、撲通」的心跳。他喉嚨乾涸，張大嘴卻說不出話來。

「我早該知道了，早該知道了。」江衛君說：「這世界根本沒有人會相信我。」

段仕鴻舉起雙手，說：「周鈺扉在哪裡？」

「他馬的我怎麼會知道！」江衛君漲紅了臉，說：「你來找我，只是為了找出我的把柄，看看有什麼可疑的地方，好把兇手嫁禍給我，對吧？我早就該發現了，我居然白癡到讓你進門。現在好了，找到可疑的把柄了，儘管把殺人罪推給他吧，就像當初一樣，沒有人會為他說半句話。」

一瞬間，段仕鴻想起了李山河冤案。有時候，這世界不是沒有正義，只是假象往往迷濛了眼睛。他放鬆肩膀，語氣柔和了下來，說：「我聽億伯說過當年的事。你是冤枉的，對嗎？」

「廢話。」江衛君手指晃動，槍枝快要拿不穩。

段仕鴻有八成把握能搶下他的槍，然而，他放棄了這麼做。「我願意相信你，聽你好好說，可以的話，甚至替你洗刷冤屈。前提是，你要證明你值得相信，可以嗎？」

江衛君咬緊嘴唇，隔了半晌，緩緩放下右手。

段仕鴻鬆了一口氣，說：「那麼，請你告訴——」

就在這一刻，江衛君迅速抬起右手，食指扣上扳機，向後一勾——

「砰——」

第七章—當年的意外

段仕鴻雙眼睜得老大，呆呆望著眼前的槍枝。槍口迸出煙硝，一個彈簧彈跳出來，頂端黏著一隻吐舌頭的小丑。

江衛君放聲大笑，說：「嚇到了吧？」

「靠。」段仕鴻忍不住罵了髒話。

江衛君撫摸著槍枝，滿臉愛憐，說：「這支槍雖然沒有用，但做得真像，連聰明人都被騙了去。」

段仕鴻撿起壞掉的手機，說：「你要賠我。」

「你看到了，我家長這樣。」江衛君雙手一攤，說：「我有什麼能賠你？」

段仕鴻哼了一聲，奪過手槍，說：「這個給我了。」

「那是當年扉兒跟我玩角色扮演的回憶……算了，給你就給你。」江衛君說。

「所以，你去茶會做什麼？」段仕鴻說。

「我說了，我去拿回我的東西。」江衛君說。

「你很清楚，你的東西早在幾年前就被丟光了。所以，說實話，你去那裡做什麼？」段仕鴻說。

江衛君「嘖」了一聲，身體陷進沙發裡，說：「我去找東西。」

「什麼東西？」

「他們說她遇害了，目前下落不明。我就在想，扉兒以前有寫日記的習慣，也許日記裡有什麼線索，可以讓他們找到她。」江衛君說。

「如果有日記，警方早就著手調查了吧？」段仕鴻說。

江衛君搖搖頭，說：「她都是關燈後，才躲在棉被裡寫日記，寫完以後會把日記藏著。我想，她家人根本不知道她有這個習慣。」

「那你找到了嗎？」段仕鴻說。

「沒有。沒有在床底，也沒有在抽屜，不知道她藏去哪，還是已經不寫日記了。」江衛君說。

「那這本是什麼？」段仕鴻望著地上攤開的日記本，伸手拾起。

「喂，小心點，那是她小學二年級的日記，別弄壞了。」江衛君說。

段仕鴻翻了幾頁，日記裡每天的篇幅都很短，只有短短幾行，甚至有些字還用注音拼湊。他闔上書，說：「這也是她送你的嗎？」

江衛君苦笑，說：「我撿來的，好嗎？」

段仕鴻眉頭微皺，不相信的神情寫在臉上。

「不是偷的，真的不是偷的。」江衛君忙說：「他們家把垃圾丟在後院，本來就是要給人家撿的。那時隔壁有個老爺爺三不五時來撿東西去回收，他們也沒說什麼。我只是……在分手後，跑去撿了一些東西回來而已。」

段仕鴻環視四周，這可不是「一些東西而已」可以形容。

「嘿，我知道，我知道你在想什麼。你覺得我是變態，跑去撿一堆人家的東西。可是……」江衛君指著牆壁，說：「她把照片都丟光了，好像只要跟我沾上一點邊的東西都是垃圾。我有多受傷，你懂嗎？她先是莫名奇妙跟我分手，然後什麼理由都不說，直接斷了聯絡。你懂我的心情嗎？我急得快瘋了，我們交往了五年，然後你他媽的說分就分，連理由都沒有？」

「所以你才跑去她家找她？」段仕鴻說。

「對，然後她就找到了理由——我是暴力狂，是恐怖情人。」江衛君說：「拜託，我雖然笨，但這前因後果錯了吧。我不能接受，至少給我個理由吧？我只想知道為什麼，為什麼，為什麼？」

段仕鴻靜靜的望著他，說：「或許，感情是不需要理由的。」

「不！說我變醜了、變老了、或是她變心了，都可以。就是不要這樣給我一片空白。」江衛君將臉埋入手掌，說：「我想了很久……很久……事實上就是她變心了，但她不敢說。」

「她變心了？對象是誰？」段仕鴻說。

「Frank，八成是他，不，一定是他！一定是他！」江衛君說。

「Frank？」段仕鴻睜大眼睛，說：「你指的該不會是……銀槍樂團的鼓手Frank吧？」

「對，原來你知道他，就是那個混帳。後來靠著和扉兒的拍照打卡，紅了多少。馬的，早知道他不安好心，我那時還借他行動電源，想到就氣。還有他前女友楊凱莉，也不是什麼好東西。」江衛君說。

「楊凱莉？凱莉近距離的那個？」段仕鴻恍然大悟，這麼說來一切就說得通了。

當年周鈺扉劈腿了閨蜜的男友Frank，因此和江衛君分手。在凱莉發現之後，兩人也失去了友誼。最後只剩下周鈺扉和Frank還有聯絡……

然而，Frank現在的正牌女友是樂團主唱愛紗。是因為這樣，他和扉兒的感情才不能公開嗎？他們在祕密交往嗎？周鈺扉肚子裡的小孩是他的嗎？如果小孩是他的，那麼為了隱藏醜聞，Frank也有可能是兇手。前提是——江衛君的猜測是正確的。

段仕鴻回過神，江衛君還在細數Frank當年是如何從不起眼的打雜小弟，靠著女人爬到今日男神的位置。他夾雜著個人情緒的抱怨，讓剛剛猜測的可能性又下降了幾分。

「為什麼是Frank？」段仕鴻說。

「對，我也想問，這世界上這麼多男人，為什麼偏偏要選一個沒用的渣渣？」江衛君說。

「不，我是問說，為什麼這樣猜測？」段仕鴻說。

「那不是猜測，那我是想了好多年推論出來的事實。」江衛君說。

「你是從凱莉的事情猜到的？」

「不止。」江衛君搖搖頭，說：「還有三年前的那場意外，發生的時候，那小子就在她身邊。」

段仕鴻聽到「意外」兩字，精神都上來了，那正是他今天來的目的。他豎起耳朵，走近幾步，說：「那場意外到底發生什麼事？」

江衛君嘆了一口氣，說：「那是扉兒的十八歲生日，她家舉辦了一場很盛大的派對，來賓可能有上百人，還有一堆政商名流，客廳擠到都快要站不下。那晚我和她沒什麼說話，還在為了一些事吵架，但是我有一直偷瞄她。她好美，她穿著一件藍色洋裝，裙擺到膝蓋這裡，很仔細看的話，可以看到大腿的刺青——」江衛君伸手比劃著自己的大腿，「那裡刻著我們的名字。我知道，那是我們的小祕密。」

「她綁了高高的馬尾，臉上不知道畫了什麼妝，總之，看起來真的美得不得了，所以我也擔心得不得了。我看到好多人跟她說話，當然，她是壽星，這是一定的。」江衛君說：「其中Frank特別殷勤，跑來好幾次，還偷瞄她的胸部。不過我沒跟他計較，他的女人跟我的根本不能比。但是他真的說太多話了，扉兒一定也很不耐煩，我正猶豫著要不要去救她，忽然有個朋友走過來，拉我去喝酒，我只好去了。」

段仕鴻點點頭，全神貫注的聽著。

「等我回頭來，已經找不到扉兒。剛開始我不在意，但過了快一個小時，她都沒有出現。我開始急了，是不是哪個王八蛋想把她騙上床？我跑去找楊凱莉，她玩得可嗨了，她說沒看到扉兒，也不知道Frank跑去哪裡。突然一陣鈴鐺響，黃伯母把大家都叫去客廳，準備要唱生日快樂歌。偏偏扉兒一直沒出現，雖然沒有人發現，但我注意到了，Frank也不在現場。」江衛君說。

段仕鴻屏住呼吸，知道接下來將講到重點。

「這時，有個人說看到她跑到樓上去了。黃伯母露出她假惺惺的笑容，說扉兒一定是喝醉了，跑去樓上房間找她。過了五分鐘——」江衛君頓了一下，說：「忽然間警鈴大作，『嗡嗡嗡』的聲音充滿整棟屋子，火警警報器響了。」

段仕鴻身體前傾，說：「發生什麼事？」

「那一瞬間，大家都很驚慌，你推我擠逃向門外。我推開好幾個人，往樓上衝，忽然有人撞上我，我倒向旁邊，大家摔成一團。現場一片混亂，音箱都被打翻，等我終於爬起身來，管家開始大聲叫喚大家往前門走。」江衛君說：「我當然不聽，拚命往人群反方向走，但Frank那小子不知道從哪裡跑出來，他說扉兒跟著黃伯母跑出去了，叫我也快點出去。」

「我在外頭走來走去，怎麼找都沒找到扉兒，偏偏Frank很肯定他看到扉兒跑出來了。大概十分鐘後，黃伯母出來宣布是菸蒂造成的小火，火勢已經受到了控制，然後說會場太亂，派對提前結束，她會再辦一場來補償大家。」江衛君說。

「所以你就離開了？」段仕鴻說。

「當然沒有，我跟黃母要求見扉兒一面，只要遠遠看到她一眼，確定她平安沒事就好。她卻跟我說，扉兒受到太大的驚嚇，目前只想要一個人待在房間休息，然後就把我趕走了。」江衛君說。

段仕鴻眉頭皺起，說：「這太奇怪了。」一般來說，受到這麼大的驚嚇，都會想要見親近的人一面。除非……江衛君說錯了，他們不是小吵架，是吵到快分手的大爭吵。如果是這樣，那麼周鈺扉後來提出分手，也就有理可循了。

「就是說阿，根本一點道理也沒有。我後來想破腦袋，終於了解發生了什麼事。」江衛君沉下臉，說：「這是Frank那小子的陰謀。他一心一意想拐走我的扉兒，趁她喝醉了跟她上床，難怪兩人消失那麼久。」

「這根本狗屁不通。」段仕鴻在心裡大喊，但他最後還是選擇有禮貌的說法：「你為什麼這麼肯定Frank和她偷情？」

「我懷疑很久了。他們總是看來看去的，當我不知道。後來楊凱莉直接捉姦在床。這不就證實了嗎？」江衛君說。

段仕鴻點點頭，說：「那後來呢？」

「後來……就沒有後來了。」江衛君垂下頭，說：「那是我最後一次看到她——不算我在門口等她的那次，那是最後一次。我們就這樣切了，什麼都不明不白。」

「你們常常吵架嗎？」段仕鴻說。

「嗯，就偶爾吧。都是為一些小事，吵個兩天就和好了。」江衛君說。

「也許你們日積月累的小爭吵，讓她覺得疲倦了——」段仕鴻說。

「不！不可能！」江衛君從沙發上跳起來，指著他的鼻子，說：「你不懂，你們這些路人根本什麼都不懂，還敢對我們的感情指指點點。」

段仕鴻嘆了一口氣，站起身來。對於為情成癡的人，能說些什麼？裝睡的人叫不醒，矇眼的人看不清。

「謝謝你告訴我這些事，我該走了。」段仕鴻說。

「這是三年來，我說過最多話的一次。」江衛君說。

段仕鴻擠出一個微笑，握住鐵梯，忽然回過頭來，說：「你還是一直愛著她，對嗎？」

江衛君微微一愣，說：「她是我生命裡最美好的事情。」

*

段仕鴻回到車上，才發現天色已全暗。車上的電子錶顯示八點十三分，他和范琬如約好八點集合，已經遲到了。

他急忙催動油門，往產檢診所疾馳而去。手機剛剛摔壞了，沒辦法聯絡上她。等抵達診所門口的時候，已經八點半了，剛好看見范琬如走出來。

段仕鴻揮手，說：「對不起，我來晚了。路上有事情耽擱——」

「我不想聽。」范琬如走得飛快。

「琬如，對不起。」段仕鴻快步跟在她身後，「你……檢查結果怎麼樣？醫師怎麼說？」

「你如果準時，就會聽到了。」范琬如說。

「琬如，對不起，我遲到了。我是真的很想知道檢查結果，你知道我很期待的。剛剛發生一些事，所以——」

范琬如終於停下來腳步，說：「你去了哪裡？」

「我……比較晚下診。不，」段仕鴻搖了搖頭，決定說實話：「對不起，我去調查了那件事情。」

「看在你說實話的份上……」范琬如緊繃的嘴角軟化了下來，「醫師說寶寶很健康。」

「太好了。」段仕鴻嘴角上揚。

「還有……」

「還有？」

范琬如頓了一下，說：「是個女孩。」

「女孩！」段仕鴻忍不住叫出聲來，伸手在空中揮舞，大聲說：「女孩！女孩！太棒了，是個女孩。」

范琬如看著他的反應，忍不住笑出聲來，說：「這下開心了吧，是個女孩。」

「開心啊，當然開心。小名要叫什麼好？」段仕鴻說。

「不急，還有好多時間可以慢慢想呢。」范琬如摸摸他的臉頰，「你看看你，滿臉都是灰。咱們先回家休息吧。」

他們開車回到熟悉的公寓。走到騎樓下的時候，都還在討論小名的事情。就在此時，段仕鴻眼角餘光瞥見一個男人，朝他們快步走來。

那人臉色不善，眼神銳利，緊盯著他們不放。段仕鴻反應極快，立刻擋在范琬如身前。

下一秒，一個菸蒂朝他的臉頰飛來。他閃避不及，皮膚頓時感覺到一點熱燙。

范琬如尖叫一聲，說：「你做什麼？」

男人朝地上吐了一口口水，說：「殺人兇手。」說完拔腿就跑。

段仕鴻立刻抓住他的手臂，卻被他反手推開，力道之大，差點讓身後的范琬如跟著摔倒在地。

范琬如「哎唷」一聲，伸手護住肚子。段仕鴻即時扶住了她，兩人踉蹌了幾步，才勉強站穩。

段仕鴻抬起頭，那人已經不見蹤影。

范琬如額頭冒汗，說：「他……為什麼要攻擊我們？他說什麼？」

段仕鴻不想多說，護著范琬如迅速上樓。進到客廳，他還是撐不住范琬如的焦慮轟炸，只好跟她說了網路上的事情。

范琬如臉色漲紅，大聲說：「這世上怎麼會有這樣的人？」

「我會處理。」段仕鴻說：「我在找律師了。」

「他們怎麼能這樣？他們根本不認識你，也不了解事情，怎麼能裝出一副自己就是正義的樣子？怎麼能這樣來騷擾我們？」范琬如說。

「我知道，我知道。我也很憤怒，好嗎？」段仕鴻來回踱步，說：「我會找律師，堵住他們的嘴。我會找出真正的兇手，證明他們有多無知。」

「不，阿鴻，你已經因為這件事捲入多少麻煩。讓警察去處理吧——」

「警察一直纏著我不放，他們的方向根本是錯的。」段仕鴻說：「他們要到什麼時候才會醒來？我要背著這樣的污名多久？」

「但是，已經死了一個管家——」范琬如說。

「萬一他們查不出來呢？嗯？我要一輩子被人家這樣指指點點？」段仕鴻說。

范琬如眼眶紅了，說：「我不在意別人說什麼，我只要你平平安安的。」

「我在意！」段仕鴻說：「你知道名譽對一個醫師有多重要？那是我的招牌，是我的生命。就是因為他們這樣污衊我，我才更要去證明他們是錯的。我要把事情查得清清楚楚，讓那些王八蛋再也說不出半句話來。」

「阿鴻，求求你。為了和那些人置氣，而冒著生命危險，這不值得——」

「這不是置氣！我是為了自己，為了真相，還有為了一條失蹤的人命。」段仕鴻說。

范琬如搖搖頭，說：「你知道不是這樣。」

「不管怎樣，我都只能繼續查下去。琬如，如果你站在我的位置，你就會理解我為什麼這麼做。我沒有選擇，我只有這一條路。」段仕鴻說。

「你有選擇，而你選擇了這一條危險的路。」范琬如說：「你覺得自己做得到，所以你就要去做。」

「我如果做得到，為什麼不幫忙？」

「人生總有取捨。你不可能去做所有能做到的事，只能選擇對你最重要的。」范琬如說。

「這很重要，好嗎？這很重要。」段仕鴻說。

「會比我們這個家還重要？」范琬如說。

段仕鴻沉默了幾秒，低下頭，說：「琬如，我知道我今天遲到了，我很抱歉，以後絕對不會再發生。」

「不是這個原因。如果你站在我的位置，你就會理解我為什麼這麼說。」范琬如手摸肚子，說：「我只想要給她一個安全溫暖的家。只要我們能平平安安的在一起，那樣就夠了。」

「琬如，你怎麼了？你以前不怕的，總會幫著我解開難題。我現在需要你，很需要你。」段仕鴻說。

「不，你不需要我。」范琬如轉過身，走進房間裡。

*

洗澡水聲從房間裡傳來。段仕鴻走進書房，跌坐在椅子上。混沌的月色透進窗戶，照亮他憔悴的臉龐。

他錯了嗎？為了堅持對的事情，他錯了嗎？

他將摔壞的手機放在桌上，彎腰拉開下層的抽屜，從一條條充電線裡翻找出一支舊手機。手機螢幕有些許刮痕，他按下側邊電源鍵，隔了幾秒，螢幕亮了起來。

他的嘴角上揚，總算還有一件好事情。他調換了sim卡，手機一開通，就跳出五通未接來電和兩封簡訊。

其中有三通是范琬如打來的，兩通是柯毅豪。兩封簡訊柯都來自柯毅豪，第一封寫著：「出事了，快看扉兒粉絲團。」隔了一小時的第二封寫著：「緊急！一發不可收拾，你要找律師了。」段仕鴻迅速回了簡訊，告知自己正在處理中。

他手撐額頭，回想著今天聽到的資訊：根據江衛君的說法，所有事情的轉折點就是那場火警。火警發生後，周家選擇搬家離去，而扉兒也在這個時間點，決定和江衛君分手。

只是，段仕鴻總覺得有哪裡不對。他曾闖入周家的舊別墅，並沒有看見明顯的火燒痕跡。而周鈺扉後來避不見面也是十分可疑，除非……她其實受傷了，而她母親不想讓在場的政商名流知道。一但知道了，這件事很可能會成為流言傳開，不可避免的傳進她父親耳朵裡。

她母親一輩子最擔心的事情，不是就是這個嗎？沒有照顧好女兒，很可能會讓她失去現在擁有的一切。

然而，管家說過的那句話──「那意外不是意外」赫然浮現腦海，那是什麼意思？

意外發生的第一時間，江衛君並沒有在她身旁，如果要更明確的知道來龍去脈，就只有兩個人選……黃筱怡和管家。一個視他如仇，一個已經不在了。

段仕鴻輕敲額頭，眼下根本沒有機會得知當年意外的真相。不……等等，那個Frank也十分可疑，如果集合時他不在一樓，那麼他很可能看到什麼。

段仕鴻抓起手邊的車鑰匙，就要起身。考慮半晌，緩緩放下了鑰匙，走進房間裡。

在這個時刻，她需要他。

第八章─網路風暴

段仕鴻花了一個早上找好了律師，迅速發表聲明。儘管阻止了明目張膽的指控，卻無法斷絕流言蜚語。

更令他傻眼的是，鴻品牙醫診所前被丟滿了紙罐和寶特瓶。他和助理們一邊撿拾，一邊安慰自己，這還可以拿去賣錢。

他沒有花時間在監視器裡找罪魁禍首，這更加堅定了他的決心──他絕對會找出殺害扉兒和管家的兇手，讓那些人無地自容。

為了不耽誤回家時間，他提早下診，驅車前往「歸仁酒吧」二店。如果他記得沒錯，今晚會有銀槍樂團的表演。

他才走進酒吧，服務生就笑臉迎了上來，說：「嗨，來找老闆嗎？」

「喔，其實不是，我只是來……看表演。」段仕鴻說。

「表演馬上就要開始了，祝你玩得愉快。」服務生對他一鞠躬。

舞台看起來已經布置好了，角落放置了一把吉他、一把貝斯，後方有架電鋼琴，中間則豎著一把麥克風架。

段仕鴻立刻注意到──沒有爵士鼓組。難道Frank今晚不上場嗎？

他還來不及問，服務生已經轉身離開。就在此時，三個男人和一個女人一齊走上台來，他們都披著銀色披風，那是銀槍樂團的招牌標記。

吉他手、貝斯手、鋼琴手各就定位。那女人拿起麥克風，說：「大家好，我們是——銀槍樂團。」一台下響起疏疏落落的掌聲，段仕鴻也跟著拍手，猜想這個女人應該就是愛紗。這是他第一次近距離打量她，她穿著全黑的無袖背心和緊身褲，堅挺的鼻子配上櫻桃小嘴，講起話來帶點沙啞，是很有特色的聲音。

「我叫愛紗，平常都是團長Frank在喇滴賽。今天因為他請假，所以由我代勞，我的話不多，不過應該都比他的有營養。」愛紗說。人群中傳來幾聲低笑。

她開始唱起歌來，一首首的抒情旋律飄過，和那天開幕典禮時的歌曲大異其趣。段仕鴻懷疑是因為鼓手不在，所以他們才改走抒情風格。

半小時後，到了中場休息時間。段仕鴻迅速走上舞台，和愛紗打招呼。

「嗨。」他向愛紗揮揮手。

「嗨，」愛紗說：「你是……」

「我叫段仕鴻，是柯毅豪的朋友。」

「哦，我想起來了，你是那個牙醫師。」愛紗微微一笑，說：「沒想到牙醫師這麼帥，我該找個時間去看牙了。」

段仕鴻笑了起來，說：「你剛剛唱的歌很好聽。」

「謝謝，我還擔心太久沒唱慢歌，會顯得音色不好呢！」愛紗說。

「不會，還是很好聽。不過，這曲風跟之前的很不一樣，是因為團長Frank不在嗎？」

愛紗嘴角抖了一下，忽然咳嗽起來。背後傳來一陣拍手聲，段仕鴻轉過頭，看見柯毅豪雙手叉腰站在身後，嘴角上揚。
「阿鴻，你真的很會聊，一開口就提到人家的前男友。」柯毅豪說。
段仕鴻一愣，說：「喔，對不起，我不知——」
「沒關係，那都是過去的事，早就不放在心上了。」愛紗伸手勾住柯毅豪的手臂，說：「我現在的男友比他好一百萬倍。」
段仕鴻再度一愣，說：「喔，原來你們……恭喜恭喜。」
柯毅豪大笑，說：「不聊這個了。你律師那邊談得怎麼樣了？」
「已經發了聲明稿。真的有人再造謠，就殺雞儆猴。」段仕鴻說。
「那樣就好。我昨天為了幫你帶風向，可是跟一堆人吵得天翻地覆。」柯毅豪拍拍胸脯，說：「ID龜仙人五四三就是我。」
「我可以作證，他坐在電腦前，跟人家吵了整整兩個小時呢！」愛紗說。
「謝了，兄弟。」段仕鴻說。
「小事，小事。難得有人那麼專注的聽我說話，我當然要說得過癮。」柯毅豪說：「對了，阿鴻，你還沒說來找我幹嘛？」
「呃，其實我是來找Frank。」段仕鴻說。
「找他幹嘛？」柯毅豪說。
「我想問他關於周鈺扉的事情。」段仕鴻說。
「哇，你先是問向愛紗問起前男友，再向別人問起緋聞女友。」柯毅豪拍拍他的肩膀，說：「阿鴻，你這八卦功力真不是蓋的。只是，我不確定他現在會不會想跟你說話。」

「為什麼？」段仕鴻抓抓頭，說：「我做了什麼？」

「你在『凱莉近距離』的直播影片被熱搜出來，現在大家都知道，他就是那個劈腿的渣男。所以，咻——」柯毅豪比了一個向下墜毀的手勢，「他現在可是被罵到臭頭。」他壓低聲音說：「你知道為什麼他沒來了吧？」

「我沒想到會這樣。」段仕鴻說：「可是，我有一個問題非問他不可，只有他知道真相。」

愛紗忽然倒抽一口氣，說：「難道扉兒肚子裡的孩子是他的？」

「不是那……」段仕鴻話聲停頓，猛然抬起頭，雙眼如鷹盯著她，說：「你怎麼知道她懷孕了？」

愛紗倒退一步，說：「大家……都知道，不是嗎？」

段仕鴻瞇起眼睛。扉兒懷孕的事只有他、黃筱怡、和管家知道，他甚至連柯毅豪都沒說。除非黃筱怡說了出去，否則愛紗根本不可能知道。

愛紗連忙掏出手機，連點好幾下，貼到段仕鴻眼前，說：「大家都知道。」

她打開的是扉兒的粉絲頁面，掀起下一波風浪的依然是網友「小小」，留言寫著：「原來扉兒懷孕了！噢，祈禱她不是遇上什麼孕婦殺手。

#為扉兒祈福

#無能政府放任連續殺人犯亂跑」

底下累積了兩百多則留言，少數為她祈福，其餘多數都是震驚，然後開始討論起孩子爸爸的各種可能。從政商名流到演藝人員，甚至懷疑起管家來，其中又以管家呼聲最高。再往下則是各種佐證和管家偷情的「證據」，以及管家死亡的「真相」。

一位網友表示：「我就一直覺得奇怪，為什麼她出門都是管家接送，原來別有姦情。」

另一位則留言：「我上次去她家玩，就覺得管家看她的眼神怪怪的，他還幫她端茶進房間呢！」

一位署名「名偵探」寫著：「依我推測，應該是管家不小心鬧大了肚子，怕被老闆發現，所以才對扉兒痛下毒手。真是禽獸不如。」

「那麼，請問名偵探，是誰殺了管家？」底下有人回文。

「沒有人。」名偵探表示：「依據我的觀察，他是自殺。他死前去埋葬了扉兒的屍體，才發現自己做錯了決定。悲憤交加之下，決定服藥自殺。」這則留言收到一千六百四十八個讚，下方有一連串認同的吹捧。

段仕鴻搖搖頭，這不可能是真的。管家臨死前，曾試圖告訴黃筱怡什麼事，如果他真的要自殺，一定會等到話說出口之後。

還有那句「當年的意外不是意外」不斷回盪在段仕鴻腦海，他總想搞清楚是什麼意思。這也是他必須去找Frank的原因。

「看到了吧！你那反應怪嚇人的。」愛紗收起手機。

「對不起，是我反應過度了。」段仕鴻說。

柯毅豪乾笑了兩聲，說：「抱歉，我這兄弟什麼都好，就是有點神經兮兮的。」

「對不起。不過，你能給我他的地址嗎？」段仕鴻看向愛紗。

*

段仕鴻坐在駕駛座上，看著紙條上的地址，再三比對，確定就是眼前這間房子。屋牆髒污斑駁，藍色鐵門上的油漆剝落，露出裡頭的鐵灰色金屬。

鐵門半掩，段仕鴻輕輕一推，門就敞開了。樓梯蜿蜒而上，階梯上散落著菸蒂和飲料罐。他低頭向紙條瞧了一眼，舉步走上四樓，然後，敲了第三間的門。

門後傳來一陣乒乒乓乓的聲音，隔了一分鐘，探出一顆頭來，正是Frank。他打著赤膊，穿著輕便的短褲，總是抓成沖天炮的藍色頭髮塌了下來，看起來樸素許多。

「我今天沒有大聲放音樂，也沒有在打鼓——」他看見段仕鴻，愣了幾秒鐘，說：「我還以為是對面的。阿你是哪位？」

段仕鴻伸出右手，說：「你好，不好意思，突然打擾——」

Frank忽然臉色一變，說：「馬的，你是那個牙醫師。」

「喔對，打擾了，我叫段仕鴻。今天來主要是想——」段仕鴻話說到一半，Frank搖了搖頭，就要把門闔上。

「等等，等等。」段仕鴻手撐著門，說：「這件事只有你知道，請你一定要幫忙。」

「只有我知道？」Frank說：「什麼事只有我知道？」

「三年前扉兒的意外。」段仕鴻說。

Frank眉毛抽動了一下，說：「我不知道你在說什麼。」

「不，你知道。」

「我不知道。」

段仕鴻仔細觀察著他的表情，說：「你知道的。你看到了什麼，對不對？」

「我說了我不知道。而且，現在問三年前的事情要幹嘛？」Frank說。

「聽著，不管現在外面流傳什麼，我知道你關心扉兒。這個資訊也許能帶我們找到她。」段仕鴻說。

「找到她？她……她還活著？」Frank說。

段仕鴻聳聳肩，說：「我不知道。但是，越快找到她，她活下來的機會越大。」

Frank抿抿嘴，嘆了一口氣，終於拉開了門。段仕鴻說聲謝謝，走了進去。

屋子裡的裝潢呈現工業風格，處處可見金屬質感，意外的和大門有些搭配。牆上到處有隨手畫的塗鴉，客廳裡的桌子是一個圓柱鐵桶倒過來，散落的椅子則是一個個用完的油漆桶，外皮漆成紅、黃、綠等各種鮮明的色彩。

最特別的是頭頂上的燈光，是將燈泡鑲在廢棄的爵士鼓裡，大大小小共有五個，照亮了整個大廳。鈸則被做成時鐘，鐘上的指針是鼓棒製成。

段仕鴻眼前一亮，說：「這是你做的？」

「是我做的。」Frank拉了一個油漆桶坐下，說：「好了，你要問什麼快點問，問完就走。」

「我想問你，三年前扉兒的意外究竟發生了什麼事？」段仕鴻說。

「全世界的人都知道。隨便網路查一下不就好了嗎？」Frank說。

「不，我問的是……你看見了什麼？」段仕鴻說。

Frank頓了一下，說：「沒什麼好特別說的吧，在場有快一百人，每個人都親眼看見了。她家失火了，大家都跑了出來，最後發現只是菸蒂煙霧引起的警報而已。」

「你呢？事發當時你在哪裡？」段仕鴻說。

「我……我跟大家在一起。」Frank說。

段仕鴻瞇起眼睛，說：「你在扉兒身邊，對不對？」

「我……沒看到她。」Frank說。

段仕鴻快速眨眨眼，他的說法和江衛君有所矛盾。矛盾裡往往藏著謊言，而謊言正是通往真相的契機。江衛君曾說：是Frank告知他扉兒已經安全，叫他自己快點逃出去。而且在事後，Frank十分肯定看見扉兒逃出來了。

「你沒看到她嗎？」段仕鴻說。

「沒有。」Frank說。

「你的意思是——你當時在大廳裡，聽到警鈴聲就跟著大家逃了出去，也沒有看到扉兒在哪裡。」段仕鴻說。Frank點了點頭。

段仕鴻站起身來，來回踱步。若不是江衛君說謊，就是眼前這人在撒謊，他該相信誰的說法？如果江衛君說謊，他除了混淆視聽，還可以將箭頭指向Frank；但如果Frank說謊，他的目的又會是什麼？最重要的，藏在這兩個人面具下的是——他們都有可能是孩子的爸，也都有可能對扉兒下手。

「你確定嗎？」段仕鴻說。

「確定什麼？」Frank說。

「因為，你似乎告訴別人，你很肯定扉兒逃出去了。」段仕鴻說。

「我？告訴別人？」Frank張大嘴巴，「扉兒？」

段仕鴻沒有回答，只是點點頭。

「誰？我告訴誰？」Frank忽然吸了一口氣，恍然大悟，說：「該不會是江衛君說的吧？」

「你想起來了？」段仕鴻說。

「不，你不懂。那個男人跟我有仇，他一天到晚亂說話，就為了搞我。」Frank說。

「你們有什麼仇？」段仕鴻說。

「我怎麼知道？」Frank說：「可能他覺得我搶了他的女人吧。」

段仕鴻聳聳肩，說：「那不是事實嗎？」

「不，你們這些人就是這樣，聽到了一點點，就覺得自己知道了全部。不管我和扉兒發生了什麼事，都是在他們分手之後的事情——應該說，我們都分手後的事情。」

「抱歉冒昧這樣問。但是，你和凱莉之所以分手，不就是因為你們兩個被發現——」

「不是，那件事情根本不是這樣子。」Frank大聲說：「我的意思是……看起來好像是這樣子，但是，不是……應該說，嚴格來說不是。」

段仕鴻皺起眉頭，說：「你的意思是……凱莉說謊？」

「她沒有說謊，她看到的的確是那樣。」Frank站起身來，說：「這就是問題所在，懂嗎？她說的沒有錯，事情也有發生，但是——」Frank不斷搖頭，「事實不完全是看起來那樣子。」

「那就告訴我，究竟發生了什麼事。」段仕鴻說。

Frank走到窗簾邊，點了一根菸，望向窗外。隔了一陣子，他開口說：「我是和凱莉交往後，才認識扉兒。我必須承認，她真的很有魅力——人長得漂亮，身材又好，家裡還很有錢，根本是所有男人的夢想。只是，那時我有凱莉，我知道界線在哪，我也一直都保持著距離。」

Frank輕吐了一口煙，說：「後來，她生病了，我和凱莉在她出院後去探望她。她變得不太一樣，但哪裡怪怪的卻說不上來，好像變了個人似的。對凱莉也很冷淡，倒是對我說了不少的話。那一天，我們三個癱在沙發上，看了幾個小時的電視，她看起來心不在焉，後來，突然看向窗外，說想吃巷口的雞蛋糕。凱莉為了討她開心，立刻跑出去買，還叫我留下看著她，以免她出了什麼事。」

段仕鴻點點頭，知道就要說到重點。

「凱莉出去後，她突然看向我，看了很久很久。我被看得渾身不自在，忍不住開口說：『怎麼了嗎？』她說：『你喜歡我，對嗎？』我說：『當然，我和凱莉都很——』話還沒說完，她嘴唇突然親了過來——」Frank吞了一口口水，繼續說：「你知道，那一刻我突然慌了。她一直是女神般的存在，現在卻這樣撲到我身上。我腦袋一片空白，還想著這到底是怎麼一回事，她卻已經開始解我襯衫的扣子。」

「我腦袋有個聲音，知道我該拒絕。就在這個時候，我聽見鑰匙開門的聲音，我又驚又慌，想推開她，卻不小心碰到她的胸部。她咯咯笑，說了什麼『小色鬼』之類的話，下一秒，竟然脫掉自己的上衣。」Frank說：「事情簡直糟到不能再糟了，就在這個時候，凱莉推開了門——」

「噢……」段仕鴻說。

「於是，碰！什麼都爆炸啦！凱莉氣瘋了，一直大吼大叫，把雞蛋糕什麼的都往我臉上丟。唉，後來我說什麼都沒用，就連我樂團的兄弟都不相信我。」Frank說。

「那場景的確很難讓人相信。」段仕鴻說。

「是啊，所以……」Frank雙手一攤，說：「我也只能認了。」

「但你跟扉兒後來還是好朋友。你不生她的氣嗎？」段仕鴻說。

「一開始很生氣，後來過了幾個月，扉兒跑來跟我道歉，說她真的很喜歡我。」Frank說：「事情發生都發生了，分都分了，就都算了。反而最後，我跟扉兒約會了幾次，最後還是放棄追她。」

「為什麼？你不喜歡她嗎？」

「是喜歡她，但是，也發現她跟我想像的不一樣。」Frank說。

「哪裡不一樣？」

「我一直以為她是那種……該怎麼說，有點傲嬌的大小姐，沒想到她還滿隨和的，甚至還有一些節儉的好習慣。讓我有些驚訝。」

「節儉？」段仕鴻身體前傾，說：「怎麼說？」

「呃……像是她會隨手關燈，還有，喝完的飲料罐也會沖乾淨，拿去回收之類的。她說以前舊家旁邊的老爺爺很可憐，失智了只能撿垃圾維生，所以她會拿瓶罐去給他回收。」Frank說：「我沒料到她會是這樣的人。」

「那是優點，不是嗎？為什麼你反而放棄？」段仕鴻說。

Frank坐回油漆桶上，猶豫一會，說：「因為，我懷疑她有對象了。」

一聽見關鍵字，段仕鴻瞳孔頓時亮了起來，說：「是誰？」

然而，Frank卻給了一個令人洩氣的答案：「我不知道。」

段仕鴻說：「你不知道？那你怎麼——」

「因為她很奇怪。」Frank說：「她隨身帶著兩支手機，一支是平常用的，另一支從來不用。只有在半夜的時候，偶爾手機會響起，她會偷偷帶著手機到廁所講電話。有時候甚至凌晨一、兩點，會有車子停在樓下將她接走。」

「什麼車子？你記得嗎？」段仕鴻說。

「那時天色都很黑，我根本看不清楚。」Frank說。

「那是什麼顏色？你有看到嗎？」段仕鴻說。

Frank輕摸著鬍鬚，說：「好像是……紅色吧。」

「紅色？」段仕鴻站起身來。

他記得來看診的小男孩說過，曾經看到一台紅色的車子將她載走。那麼說來，和扉兒祕密約會的男人，很可能就是綁架並傷害她的兇手——甚至有可能，就是她肚子裡孩子的爸爸。

而她偷偷摸摸的原因，最有可能是礙於男人身分，只能發展地下戀情。本來暗裡無事，卻在此時發生了一樁意外——扉兒懷孕了。也許兩人因此意見分歧，最終男人決定下手殺害扉兒，以免自己的身分曝光。恰巧又因為孕婦殺手的事件，而能讓此案更加模糊焦點，但也有可能……兇手本人就是孕婦殺手，目標早就鎖定扉兒，傷害其他孕婦，只是為了混淆警方辦案方向。

不管是哪種情況，這個男人都和案情脫不了關係。現在最大的問題是，這個男人是誰？下手殺害管家的會是他嗎？

「嘿，」Frank在他眼前彈指，讓他回過神來。「難道你知道是誰？」

段仕鴻苦笑，說：「我怎麼可能知道？」

Frank臉色沉了下來，說：「你覺得，會不會就是那個男人傷害了扉兒？」

「很有可能。」段仕鴻點點頭，直盯著Frank的眼睛，說：「你有什麼線索嗎？」

「現在沒有。如果沒事的話，我想休息了。」Frank說。

段仕鴻說了聲謝謝，告別Frank，開車離去。他在外逗留了太久，天色已經全黑，必須盡快趕回家。

他用力踩下油門，讓思緒和身體一起飛馳。一切感覺終於有了一點頭緒，只要能找出那個和扉兒祕密交往的男人……但是，連Frank都不知道是誰了，還有誰會知道呢？

段仕鴻想起管家——也許他在日記裡發現了那個男人，所以才遭遇不幸。可是，總有哪裡還說不通……管家死前說過的那句「意外不是意外」再度浮現腦中，那究竟是什麼意思？

當年的生日派對，有近百人在場見證。按照江衛君的說法，是菸蒂造成的小火，他被催促逃出去，也因此沒看到扉兒。而按照Frank的說法，是菸蒂煙霧引起的警報，他……

一道閃電赫然劈向段仕鴻心頭，微一分神，讓他差點闖了紅燈。他急踩煞車，卻仍有半個車身停在人行道上。路過的行人紛紛對他投以不滿的眼光。

但段仕鴻渾然不覺，完全沉浸在自己的思緒裡。兩人對於火警的原因說法不一，按照常理而言，要在偌大的房間裡讓警報器響起，單純只是抽菸吐出的煙霧量是不太可能的——除非將菸蒂直接對著警報器。

Frank是口誤，還是，不小心講了實話？

綠燈亮了起來，段仕鴻急轉方向盤，掉頭往Frank的住家而去。他再度抵達Frank家門前，車子剛熄火，就看見一台銀色轎車飛馳而過。遠遠望去，駕駛座上的背影似乎是Frank。

段仕鴻皺起眉頭。Frank剛剛才說要休息，卻又要去哪裡？

他好奇心起，遠遠跟在那台車後。車子穿越幾條街道，最後停在一棟熟悉的屋子前。

那是扉兒的家。

第九章—當年的真相

段仕鴻將車子停在路邊，車燈熄火。路燈照亮了紅磚人行道，屋子燈火通明，似乎能隱隱約約聽到裡頭的人聲。看來今晚屋子裡的客人依舊不少。

他看見Frank走向門口，伸手敲了敲門。

隔了幾秒，一個穿著西裝的中年男子前來開門，微微鞠躬，看起來是茶會那天的保全。兩人交談片刻，保全關上了門。

Frank在門口走來走去，似乎在等待什麼。過了一會兒，門再度敞開，這次探頭出來的是黃筱怡。

段仕鴻將車窗往下降幾公分，豎起耳朵傾聽。交談聲細碎，隨風斷斷續續飄來。

「你知道……扉兒……交往……是誰？」

「我不……她很少……但是……不重要……」

「當年……一直隱瞞……除非……說實話……」

「拜託……事情已經過去……沒有人……」

幾個關鍵字眼鑽進耳裡，段仕鴻將耳朵緊貼在車窗上，還是沒有辦法完全聽清楚。他探頭望去，兩個人似乎越說越激烈，也許……不會注意到他躲在一旁。

他迅速打定主意，悄悄推開車門。就在此時，Frank說了一句話，黃筱怡臉色驚慌失措，連忙將他拉離門邊，往馬路靠近。

這對段仕鴻來說，簡直是天上掉下來的禮物，兩人現在距離他不到兩公尺。他將背縮起，盡可能讓自己消失在擋風玻璃後。

只見黃筱怡頻頻回頭望向屋子，似乎深怕有人聽見，說：「你瘋了嗎？說這麼大聲做什麼？裡面有十幾個人，還有媒體朋友在，要是被聽見，你叫扉兒以後怎麼做人？」

「以後？她都失蹤了那麼久，人都不知道還是不是活著。你不顧現在，還管以後？」Frank說。

黃筱怡嘆了一口氣，說：「是，她是失蹤了，但是我能做的都做了，警察也全力在搜索了。我能怎麼辦？」

「告訴我，那個祕密交往的男人是誰？」Frank說。

「我說了我不知道。說真的，扉兒根本不把我當媽媽，她怎麼可能告訴我那些祕密？」黃筱怡說。

「但是你每天都照顧她，怎麼可能不知道她跟誰來往最密切？凌晨兩三點的時候，有車子來接她，你總會注意到吧？」Frank說。

「我……我根本沒在管。」黃筱怡說。

「那手機呢？她那支祕密手機在哪裡？」Frank說。

「我不知道。她的房間我都翻遍了，什麼奇怪的東西都沒有。」黃筱怡說。

Frank眼望地面，似乎有些洩氣，停頓了一下，說：「當年……那件事……是誰？扉兒有說過嗎？」

「沒有，她什麼都不記得了。」黃筱怡壓低聲音，說：「那件事都過了多久，不要再計較了行不行？她什麼都忘記了，那不是最好嗎？」

「她忘記了，不代表沒發生過。萬一那個人又回到身邊，想再一次傷害她，她不就一點警覺都沒有嗎？」Frank說：「就像現在的情況，扉兒失蹤了，你就沒懷疑過是同一個人嗎？」

「我……我真的不知道。說真的……」黃筱怡吞了一口口水，說：「也許那個人不存在，是我們猜錯了。」

「不存在？」Frank說：「我們都親眼看見了她的樣子，怎麼可能——」

就在此時，屋子門口傳來一個女人高分貝的聲音，呼喚著黃筱怡趕快回去。

「我要走了。」黃筱怡轉身就走，一下子就消失在門後。

Frank站在原地，咬著下唇，似在苦苦思索。段仕鴻眼見時機成熟，發動車子，輕按了一下喇叭。

Frank正想得出神，這一聲「叭」讓他差點跳了起來。他張大了嘴，看著副駕駛座的車窗緩緩降下來。

「你……你都聽到了？」Frank說。

段仕鴻聳聳肩，說：「聽到一些，至少我知道你剛剛沒說實話。」

「說真的，為什麼我要告訴你？」Frank說著往前走。

段仕鴻輕踩油門，跟在他身旁，說：「因為，我跟你一樣，都只是想盡快找到扉兒。」

「扉兒是我朋友，我當然想救她。但你認識扉兒嗎？你這麼積極是真的是為了她？」Frank說。

「說實話，我是為了自己。」段仕鴻說。

Frank終於停下腳步，說：「為了自己？你跟她有什麼關係？」

「按照警方的說法，我是最後一個看到她的人。我是為了替自己洗清嫌疑。」段仕鴻說。

Frank猶豫半晌，終於打開車門，坐進副駕駛座，說：「現在看來，我也只能相信你了。」

「我很謝謝你相信我。」段仕鴻說。

Frank沉聲說：「這件事只有三個人知道，噢，應該說是兩個人了。」

段仕鴻聽懂了他的意思。已經不在的那個人是管家，另一個是Frank，最後一個指的是黃筱怡。他點頭說：「我知道重要性。」

口袋突然傳來一陣震動，段仕鴻低頭瞥了一眼，是范琬如。他這時才想起時間有多晚了，然而，線索就近在眼前，他不能破壞Frank即將鬆口的這一刻。

他決定掛掉電話。

「那晚是她的生日派對，但她不太開心，因為跟男朋友吵架了。我看她心情不好，還特別跑去找她聊天，後來……聊了一會，她說她想去抽菸。」Frank說：「你知道，周家屋子裡是不允許抽菸的。因為扉兒的祖父死於肺炎，所以他們非常在意這件事，只要有人敢抽菸，就會立刻被趕出去。」

「那她怎麼有辦法抽菸？」段仕鴻說。

「當然是溜去沒有人的地方——她們家後院。」Frank說：「我跟她說，我有朋友帶了一些糖果，品質很純，可以讓她立刻就忘記煩惱。」

段仕鴻皺起眉頭，說：「你是指……毒品？」

「別那個表情，那時的我比較……你懂的，所以交了一些朋友。但是扉兒拒絕了我，自己跑出去了，我也就去玩自己的。我和幾個朋友躲在二樓的儲藏室，那裡幾乎沒什麼人會經過。我不敢太放肆，一直克制自己，畢竟這是一堆政商名流的大場面，我很怕自己出了什麼醜樣，會給凱莉難堪。」Frank搖搖頭，說：「但是，他們嗨得太過火，一直放聲大笑，尖叫聲把管家吸引過來。他一打開門，看見滿地的東西，立刻意會到發生什麼事。他很生氣，說如果我們不馬上滾出去，他就要打電話報警。」

Frank繼續說著：「我的朋友們一聽，每個人都逃得跟什麼一樣快，我也跟著跑出去。管家伸手攔住我，叫我好好收拾才能走。我把東西一股腦兒掃進垃圾袋，就在這個時候，我們看見黃伯母跌跌撞撞的衝了過來——」

手機再度震動起來，段仕鴻瞥了一眼，又是范琬如。他猶豫幾秒，還是放下了手機。

「她眼睛瞪得老大，牙齒一直打顫，卻說不出話來，看起來就快要昏倒了。管家急忙扶住她，說：『發生什麼事了？』她沒回答，只是用顫抖的手指著扉兒的房間。我和管家立刻衝向房間，眼前的那個畫面，我必需要咬著嘴唇才不會叫出聲來。」Frank閉上眼睛，回想起那一幕，「扉兒……她就倒在廁所門邊，地上到處都是血跡。浮上我腦海的第一個念頭就是——她死了嗎？」

段仕鴻屏住呼吸，幾乎可以感受到當時窒息的氛圍。

「管家立刻衝向前，手按在她的脖子上，然後他轉過頭來，對我們點點頭。黃伯母鬆了一口氣，雙腿一軟，癱坐在地上。我走向前，終於看清楚扉兒。」Frank深吸一口氣，說：「她的臉上鮮血淋漓，有著一條又一條很深的傷口，一張漂亮的臉蛋就這樣四分五裂。」

段仕鴻失聲驚呼：「是誰這麼狠？」

「那也是我第一句說的話，但沒有人回答我的問題。管家忽然指向馬桶邊，那裡倒著一個破裂的空酒瓶，上頭沾滿了血跡，很可能就是兇器。」Frank說：「然後，我注意到了——她的衣衫不整，裙子被撕破了一角，裡頭的胸罩甚至沒穿好。那一瞬間，我立刻明白發生了什麼事。」

段仕鴻張大了嘴，話卡在喉嚨裡沒說出口——她被強暴了？

「管家說：『快，叫救護車！』黃伯母立刻反對，說：『樓下那麼多人，如果傳出去，扉兒以後怎麼做人？』管家說：『救人重要，誰還管面子問題？』黃伯母說：『我們必須先引開樓下的人，再用車子偷偷送扉兒去醫院。』管家有些生氣了，說：『那不可能，怎麼可能引開——』就在這個時候，我插話說：『我有一個想法。』接下來的事，就是大家看到的那樣。」Frank說：「我點燃了一根菸，貼在火警警報器的正下方，隔了幾秒鐘，警鈴就響遍整間屋子。黃伯母吩咐我去看著江衛君，絕對不能讓他上來，因為以他的個性，一定會把事情鬧得很大。我們疏散了大家，管家和伯母趁機把扉兒從後門接走，送她去醫院急診。」

段仕鴻恍然大悟，原來當年的意外，竟然是一樁經過包裝的慘案。在這樣危急的情況下，黃筱怡對面子的執著，簡直讓他目瞪口呆。然而，還有一個最大的問題——

「究竟是誰這麼心狠手辣？」段仕鴻說。

「我不知道。當時扉兒住院住了好幾個月，一直不讓人去探望，連凱莉都被擋在門外。我那時跟扉兒不熟，自然不敢問，後來雖然熟了，也不敢提起這件事。我一直以為，發生這麼嚴重的大事，周家一定會追究到底，只是礙於面子，就偷偷私下處理了。」Frank嘆了一口氣，說：「沒想到……我也是剛剛才知道，扉兒根本不記得這件事情，黃伯母也就不再追究。」

「怎麼可以這樣放過那個人？當年對她做出這種事的人，很可能就是現在傷害她的人。甚至，也是殺害管家的兇手。」段仕鴻說。

「我也是這麼猜的。只是，事情都過去這麼久了，現在要怎麼查？」Frank雙手一攤，說：「根本毫無頭緒。」

「她從出院以後，有沒有做什麼不一樣的事情？」段仕鴻說。

「很多事情都不太一樣。她經歷了整形手術，所以必須畫很重的煙燻妝，才能蓋過那些疤痕。她穿著品味也改變了，變得比較……該怎麼說，活潑叛逆。她以前比較像名模那樣的氣質。」Frank抓頭想了一會，說：「她也開始討厭動物，你知道，她以前很愛狗的。她甚至慢慢跟以前的朋友疏遠，包括她最好的朋友——凱莉，還有交往多年的男友——江衛君。」

「凱莉和江衛君……」段仕鴻喃喃自語。

難道，當年和江衛君分手的背後，隱藏著什麼祕密？他知道她即將提出分手，不甘之下，決定強暴她，甚至將她毀容？也許他手上握有她的把柄，強迫她半夜必須跟他約會，直到扉兒懷孕了。也許他不想曝光，或許她不想要這個孩子，不管基於什麼理由，他下手傷害了扉兒。會不會，那天看到的地下室，正是之前囚禁著扉兒的地方？

段仕鴻越想越心驚，前幾天的祈福茶會裡，他不也在場？也許他和管家在外頭有了衝突，決定繞進屋子裡將他殺害。

但是，這個推論卻有一個無法解釋的破綻——江衛君的車子是黑色的，不是紅色的。

況且，這些推論都只是延伸的猜測，幾乎沒有證據能夠證明他走在對的方向。萬一他錯了呢？萬一他冤枉好人呢？他必需要找到一點證據，一點什麼都好……他抬起頭，目光正好對上周家二樓的窗戶。

忽然間腦中靈光一閃，管家手上那張日記紙，不就是最需要的答案嗎？

他回過神，才發現Frank已經說了好一會話，而自己完全沒聽見。

「……就沒有下文了。我也不清楚，所以，就先這樣吧。有事情再聯絡我。」Frank說：「我很少跟男人這樣說。不過，你需要我的電話號碼嗎？」

「意思是，我們是朋友了嗎？」段仕鴻說。

「我希望是。」Frank看了他一眼，說：「你太聰明，我希望你永遠不是我的敵人。」

*

天色已黑，段仕鴻急急忙忙趕回家，路上連續打了三通電話，范琬如都沒接。

他一停好車，便三步併兩步衝向大樓的電梯。然而，當他推開家門時，卻沒有聽到一如往常「你回來了」的歡迎聲。取而代之的，是一整片漆黑的客廳。

琬如到哪裡去了？

「琬如，琬如。」段仕鴻大聲說。他感覺心臟越跳越快，腦中止不住那些胡思亂想。

忽然間，他發現房間裡有著一盞光亮。

他屏住呼吸，衝進房間，終於找到瑟縮在床頭的范琬如。她抱著膝蓋，棉被遮住了半張臉龐，紅腫的雙眼垂著兩行淚水。

段仕鴻向前抱住她，說：「發生什麼事了？」

范琬如搖搖頭，用顫抖的聲音說：「你終於回來了，我……我好害怕。」

「害怕什麼？」段仕鴻說。

「我……我好怕有人闖進來，傷害我們的寶寶。我好怕你出了事。我好怕……好怕現在安穩的生活，就要被摧毀了。」

「發生什麼事了？」段仕鴻說：「有人闖進來？有人傷害你了嗎？你受傷了嗎？發生什麼事，快告訴我。」

「我今天回家的路上，覺得有人跟蹤我。可是我每次轉頭看，都沒有看到人。有一次我很確定聽到了什麼，甚至跑回頭去看，結果只是一個小孩子蹲在地上撿葉子。那時候我就在想，我是不是太神經質了？」范琬如拉緊了被子，說：「我只好加快腳步，好不容易回到家，電話就響了。」

「是誰？」段仕鴻說。

「我不知道。沒有人說話，我只聽到電話另一頭的呼吸聲，然後就被掛斷了。」范琬如說。

「沒有來電顯示嗎？」段仕鴻說。

范琬如搖搖頭，說：「隔了幾分鐘，第二通又打來了。這一次還是沒有人說話，可是另一頭，傳來『呵呵呵』的低沉笑聲……」

段仕鴻可以想像，在只有一個人的夜晚，聽見那樣詭異的笑聲，會有多麼毛骨悚然。他憐惜不已，將范琬如緊緊摟在懷裡，說：「對不起，都是我不在。你一定嚇壞了吧。」

范琬如眼神空洞的望著前方，說：「我把電話掛掉。然後，電話再度響起來——」

「不要接，拜託——告訴我你沒接。」段仕鴻說。

「我掛掉了。」范琬如說：「但是，電話立刻又響了起來。」

「把電話筒拿起來——」段仕鴻說。

「我接了。」范琬如說：「我想跟他說，他再打來我就要報警。然後，我就聽到一連串像機器人的聲音，說著：『殺人兇手，殺人兇手。』」

段仕鴻深吸一口氣，帶著五分憤怒五分心疼。他輕輕捧起范琬如的臉頰，望著那雙淚眼汪汪的瞳孔，說：「對不起，讓你一個人承受這些。是我錯了，我應該接你的電話。對不起，我應該要早點回來陪你。我答應你，我以後都會陪著你，不會再讓你一個人。」

范琬如不說話，只是緊緊抓著他的手臂。

他擦去她的眼淚，嘴角用力擠出一個笑容，說：「你一定餓了吧，我煮個東西給你吃。」

「我不想吃。」范琬如說。

「那喝個熱茶，總是好一點。」段仕鴻轉身走進廚房，隔了一會，端著一杯花草茶進房，淡淡的柑橘香流動在房間裡。

范琬如已經放下棉被，坐直身體，眼望著牆壁若有所思。她抿著嘴唇，神情和剛剛大不相同，恐懼已經不在，眉宇間看起來下定了決心。

段仕鴻坐到她身旁，將茶遞給她，歪頭說：「還好嗎？你不要擔心，我明天會陪你去——」

「不，」范琬如的聲音很堅定，「我要你把事情查得水落石出。周鈺扉的事情也好，孕婦殺手的事情也好，你一定要把殺人兇手揪出來。」

「你確定？我們可以先——」

「我確定，很確定。」范琬如望向他，「隱忍只會讓人家欺到頭上。我受夠了，我要反擊！」

*

有了范琬如的大力支持，段仕鴻感覺鬆了一口氣，但同時也深感不安。那晚范琬如遇上的事情，顯示有人盯上了他們家。

他已經打定主意，不管如何，今天都會提早回家。

下午四點，他出現在周家的大門前，伸手敲了敲門。隔了一會，門打開了，保全兩手交叉在胸口，盯著他上下打量，說：「你是誰？什麼事？」

「我想找黃筱怡。」段仕鴻說。

保全挑高眉毛，說：「你是誰？你看起來不是夫人的朋友。」

「我叫段仕鴻，是個牙醫師——」

「喔，我想起來了，你是那個牙醫師。」保全說。

對於最近常被稱呼為「那個牙醫師」，段仕鴻開始見慣不怪。感覺就像在魔法世界被稱呼為「那個人」一樣，他已經決定要好好享受扮演魔王的這段時間。

「對，我是那個牙醫師。」段仕鴻說

果然保全下意識的退後了一步，說：「這不是你該出現的地方。」

「那我『應該』出現在什麼地方？」段仕鴻說。

「我不知道。」保全說：「監獄……之類的地方。」

段仕鴻抬頭瞧了房子一眼，說：「那麼我來對了地方。」

保全愣了好一會兒，才明白段仕鴻在暗指什麼。他雙手叉腰，說：「夫人不想見你。」

「原來夫人可以跟誰見面，是你來決定的。」段仕鴻說。

「我……我哪敢？夫人想做什麼，都是自己決定的。」保全說：「但是茶會那件事情之後，她應該不願意再看到你。」

段仕鴻輕敲著門板，說：「告訴她，我知道小小是誰。我只在這裡等三分鐘，時間到了我就走。」

保全抓抓頭，轉身往裡頭奔去。才隔了二十秒，黃筱怡的臉龐就出現在門後。她右手掌摩擦著左手手臂，頭歪向一邊，說：「你要怎樣？」

「我想跟你討論一下，我們共同的朋友——小小。」段仕鴻說。

黃筱怡下巴一撇，說：「進來說。」

她領著段仕鴻走到客廳，端了一杯白開水，放在他面前，說：「我們正在聘請新管家，先忍耐一下吧。」接著翹腳坐在沙發上。

「看來最近的時機有點敏感，不太好招到人，對吧？」段仕鴻說。

黃筱怡輕笑一聲，說：「只要有錢，這些都不會是問題。不要忘了周家最多的是什麼。」

「是啊，我還聽說，周爸爸最寶貝的就是他的女兒。如果他知道，有人一直埋伏在他女兒身邊，然後找時機偷偷爆料。該會作何感想？」

黃筱怡眼角抽動了一下，說：「如果有這種人存在，我會小心的。」

「你很小心了，只是——」段仕鴻搖搖頭，「還是露出馬腳了。」

「你在說什麼？」黃筱怡說。

「你知道我在說什麼，」段仕鴻停頓了一下，說：「小小。」

黃筱怡說：「我知道那是她的粉絲。」

「粉絲？不見得吧。戴著崇拜的面具，說著明褒暗貶的話，偶爾還會揭發扉兒的私密事。你說這樣的人是粉絲，還是敵人？」段仕鴻說。

「是這樣嗎？人家說關心則亂，可能她也是出於好意吧。」黃筱怡說。

段仕鴻點點頭，說：「既然你這麼說，想來應該不在意大家知道小小的真實身分吧？」

黃筱怡臉上微微變色，說：「你……你猜是誰？」

「我不是猜，我知道是誰。」段仕鴻說。

「是誰告訴你的？」黃筱怡說。

「扉兒告訴我的。」段仕鴻說。

「扉兒？」黃筱怡說：「不，不可能，她不可能知道。」

「她跟你相處這麼久了，有可能不知道嗎？只是礙於你是她媽媽，而選擇不說破而已。」段仕鴻說：「她早就知道，你就是小小。」

「她……她早就知道了？」黃筱怡說。

聽見這句話，段仕鴻嘴角上揚了。他本來只是懷疑而已。小小在網路上揭發扉兒懷孕的事，然而這件事情，他只告訴了黃筱怡和管家兩個人。管家已死，他也未曾說出去，唯一最有可能的人，就剩下她了。

然而，這個推理卻不夠力道。如果扉兒曾告訴別人，甚至孩子的爸爸說了出去，那麼可能性就不只這些人了。

眼下黃筱怡的回答，卻等於自己承認了身分。

「我不知道她知不知道，但至少現在我知道了。」段仕鴻說。

黃筱怡瞪大眼睛，拍桌站了起來，說：「你要我？你給我出去！」

「我要是出去了，小小的身分也就跟著傳開了。」段仕鴻說。

黃筱怡咬著嘴唇，思索片刻，最後嘆了一口氣，頹坐在沙發上，說：「你不懂，我每天過得有多屈辱。她從來沒在聽我說話，也沒給我好臉色看過，我對她而言，永遠是一個下等的女僕。偏偏我人生最重要的工作，就是照顧她——」

「永遠是一個女僕？」段仕鴻說：「你本來是女僕？」

黃筱怡「嘖」了一聲，說：「那是幾百年前的事了。我現在是周夫人，穩坐在這個位置上的周夫人。」

段仕鴻眨眨眼，重新打量著眼前這個女人，望著那張美艷漂亮的臉蛋，內心不禁浮現一個疑問——當年扉兒的親生母親，是怎麼死的？

第十章——目擊者

「你大老遠跑來，不是只是為了威脅我吧？」黃筱怡說：「你要多少，開個價吧。」

段仕鴻微微一笑，說：「不，你誤會了。我只是有些問題，想跟你請教一下。」

黃筱怡「哼」了一聲，說：「你問吧。但先說好，我不知道的事可多著。」

「你謙虛了，我倒是覺得你知道的事可多著。」段仕鴻說。

「你想說什麼？」黃筱怡說。

「三年前扉兒的那場意外，你是第一個發現她的人。」段仕鴻說。

黃筱怡搓揉著雙手，臉上擠出一個笑容，說：「我以為是什麼大事，原來是要問這件事。對，那時候要切蛋糕了，我就去樓上找她，結果她居然躺在床上睡著了。」她乾笑了兩聲，「這扉兒也真是的，當時那麼多人，主角居然睡著了。那還像話嗎？我搖醒了她——」

段仕鴻聽不下去，站起身來，說：「既然我們之間沒有誠信，那也沒什麼好說的。」

「你……你……」黃筱怡跟著站起來，說：「我說錯了什麼？」

段仕鴻不理她，轉身就走。

「等等，等等——我知道了，我說實話就是了。只是……怕你聽了反而不信。」

段仕鴻停下腳步，轉頭看她。

黃筱怡說：「我……我看見她倒在房間廁所裡，全身都是血。」

段仕鴻抿了一下嘴唇，重新坐回沙發上。

「你相信？」黃筱怡說。

「我可以聽聽。」段仕鴻說。

「她……我不知道她怎麼受傷的，我真的不知道。發現她的時候，她臉上都是割痕，很深很深的割痕，血腥味濃到讓人想吐……我……心臟幾乎都要停了，腦袋一片空白，只知道自己不能叫出聲來。要是被聽見了，全世界就都知道了。我跑了出去，幸好，管家出現在我眼前，他沒在打掃，但正盯著Frank打掃儲藏室，現在想想，那一幕簡直是見鬼了。」黃筱怡手托著下巴。

「那不重要。」段仕鴻忙說：「後來呢？」

「後來……我根本沒辦法思考，連話都說不出來。我指向房間，他們兩個就衝了進去。管家急忙確認她的脈搏，宣布她還活著——呼！我那時才感覺心臟又開始跳動，雙腳都麻掉了。然後，他們說要趕快送醫院，可是樓下那麼多人，他們瘋了嗎？我當然阻止。還好這時候，Frank想到了好法子。」黃筱怡說。

段仕鴻點頭。目前為止，兩人的說法相互吻合。

「他說可以製造假警報，疏散所有客人，再趁機送扉兒去急診。然後他就站到椅子上，用香菸去燻火警警報器，不到幾秒，警報器響得跟雷一樣大聲，基本上整條街都聽到了吧。」黃筱怡說：「我叫Frank去守著扉兒男友，以免他大驚小怪。管家下去疏散人群，確定大廳都沒有人了，才把扉兒從後門抱上車，趕到醫院急診，緊急手術治療。」

「她什麼時候才清醒過來？」段仕鴻說。

「前三天都還昏迷不醒，一直到第四天，終於睜開眼睛。她整張臉包得像個木乃伊，我不敢給她看鏡子，只是一直安撫她。」黃筱怡說：「然後，到了第五天，我終於鼓起勇氣問她發生了什麼事？」

段仕鴻身體前傾，說：「她說什麼？」

「她只記得在後院抽菸，突然頭被狠狠打了一下，她就昏了過去，什麼都不記得了。」黃筱怡說。

「連她怎麼到二樓的房間，都不記得了嗎？」段仕鴻說。

黃筱怡搖搖頭，說：「她的記憶裡一片空白。等她再度睜開眼睛，人已經在醫院了。」

段仕鴻低頭沉思。案發現場在扉兒的房間裡，這麼說來，兇手在後院打昏了扉兒，將她扛到二樓，然後性侵後毀容。只是……他為什麼要多此一舉扛到二樓？從後院到房間的那一段路，不是增加自己曝光的風險嗎？難道那時後院有人經過，還是扉兒的房間裡有什麼東西，或者，有什麼更加曲折的理由……

想到這裡，段仕鴻抬起頭，說：「你說兇手不存在是什麼意思？」

「什麼？」黃筱怡睜大眼睛，說：「我不記得我有告訴過你——」

「那是什麼意思？」段仕鴻說。

「她說她頭被打了一下，然後就昏了過去。但是，她在第一時間的檢查報告裡，除了臉部割傷，全身上下沒有其他的傷痕。」黃筱怡說。

「你的意思是說……她沒有被重擊過的跡象？」段仕鴻說。

「對，那個醫師是怎麼說的……沒有發現任何鈍器造成的傷口。對，就是這樣。」黃筱怡說。

「那其他的地方呢？也許傷在……比較……隱密的地方？」段仕鴻說。

「隱密的地方？」黃筱怡瞇起眼睛，說：「醫師做過檢驗，她沒被強暴，如果你指的是這個的話。」

「噢，了解。」段仕鴻說。

「她……在那之後，忘記了很多事情。她很虛弱，經歷了好幾次整容手術，出院後脾氣倒是改了不少。」黃筱怡說：「經過精神科醫師評估，她可能有創傷症候群，併發失憶症，當然，還有另一種可能……」

「什麼可能？」段仕鴻說。

黃筱怡壓低聲音，說：「她有人格分裂，做出這些事情的是她的第二人格。」

「你說什麼？」段仕鴻張大了嘴，「你的意思是……這都是她自己傷害自己？」

「對，我知道這很難相信，不過這是最合理的解釋。」黃筱怡說。

段仕鴻愣了片刻，忽然笑了起來，說：「你為了擺脫責任，想出來的情節還真不少。是醫師判定她有人格分裂嗎？」

「呃，診斷書上是沒有明確這麼寫。但是人格分裂的診斷很複雜，也不是一時半刻就能確定。醫師也說了，要定期回診觀察，不排除有其他可能。那就是有可能了。」黃筱怡說。

段仕鴻搖搖頭。說到底，她畢竟不是扉兒的生母，她既然會開假帳號中傷扉兒，只怕暗地裡還做了什麼骯髒事？扉兒會不會早就是她眼中必須拔除的釘子？管家該不會也是她下的手？

想到管家，段仕鴻站起身來，說：「我能到二樓看看嗎？」

「二樓？」黃筱怡蹙了一下眉頭，但還是領著段仕鴻往樓上走去。來到走廊上，扉兒的房間就在左手邊，房門敞開，可以看見裡頭東西被整理得整整齊齊。

「是你整理的？」段仕鴻說。

黃筱怡點點頭，說：「我把房間整理得乾乾淨淨，等著她回來。」

段仕鴻望了她一眼，不確定這段話是不是出於真心。他走進房間，四下探望。

「你在找什麼？」黃筱怡說。

「扉兒有個祕密交往對象，但就算是祕密交往，多多少少還是會留下一點蛛絲馬跡。這裡有沒有什麼東西不太像是她會用的？」段仕鴻說。

「沒有，我都看過了。」黃筱怡說。

段仕鴻走向書桌。如果說，看一個人的牙齒，能夠看出他的個性，那麼看一個人的書桌，就能看出他的習慣。

書桌上擺著一個大鏡子，旁邊的大盒子裡堆疊著各種相機配備，有自拍棒、蘋果肌濾鏡等等一堆電子用品，再過去則擺著好幾瓶指甲油和貼鑽。

牆上貼著一張海報，是個韓國男子團體。幾名年輕的男性或坐或站，臉上裝飾著各種表情。段仕鴻一直搞不懂這些大男孩的吸引力在哪裡。

忽然間，角落一個不起眼的東西吸引了他的目光——那是一個平凡的馬克杯。杯身上印著一整片海灘，沙灘上有一雙橙色高跟拖鞋。夕陽西斜，餘暈渲染在層層疊疊的波紋上，美麗了一整個海平面。

「這是哪裡？」段仕鴻拿起杯子。

黃筱怡將眼睛湊了過來，說：「這裡面只有一整片沙子，誰看得出來？」

「這是她的拖鞋嗎？」段仕鴻說。

「對，看起來是。」黃筱怡說。

「她很喜歡去海灘嗎？」段仕鴻說。

「不知道，她很討厭曬太陽，但很喜歡穿比基尼。」黃筱怡說。

段仕鴻放下杯子，目光在房間裡巡視了一圈，轉身出去。

「總算要走了，怎麼樣？看得開心嗎？過癮嗎？」黃筱怡話還沒說完，就看見段仕鴻逕自往盡頭的管家辦公室走去。

「喂喂喂，你又要去哪了？當這裡是你家廚房嗎？」黃筱怡說。

「我只要再看一個地方就好。」段仕鴻說。

但是當他踏進辦公室裡，心頭頓時涼了半截。辦公室已經幾乎清空，只留下一張空蕩蕩的書桌和光溜溜的書櫃。書籍早已全部搬走，更不用提那本厚重的墨綠色書冊——扉兒的那頁日記就夾在裡頭。

他愣了半晌，才回過神來，說：「書都到哪裡去了？」

「死人的東西留著晦氣，當然都清掉了。」黃筱怡說。

「清掉了？你有翻過嗎？」段仕鴻說。

黃筱怡搖了搖頭，用不可思議的眼神打量著他。

「清到哪裡去了？」段仕鴻說。

「都丟在後門外，給回收的爺爺撿走了。那很重要嗎？」黃筱怡說。

「回收的爺爺？是住在你們舊家附近的那個嗎？」段仕鴻說。

「嗯，只要撿過一次就知道，我周家連丟掉的垃圾，都是別人可以拿去賣錢的寶藏。」黃筱怡說：「那爺爺當然再遠也要來撿。」

「我知道了，謝謝你。我先離開了。」段仕鴻轉身下樓。

「欸欸欸，那小小的事呢？」黃筱怡說。

段仕鴻回過頭，說：「我不會說出去，但請你刪掉帳號吧。別再做這樣損人的事了。」

距離天黑還有半小時，段仕鴻抓緊時間，驅車前往周家舊家。

*

如果幸運的話，也許那本書冊還沒被拿去回收廠。答案就近在眼前，他感覺胸口發熱，連呼吸都不自主的加快起來。

車子在破舊的木門前停下，門旁堆疊了一整籃壓扁的寶特瓶罐。他熄火下車，腐敗的味道立刻撲鼻而來。

他屏住呼吸，敲了敲門。

門後傳來走動聲。段仕鴻提高音量，說：「有人在家嗎？」

隔了一會，「咚、咚、咚」的聲音漸漸靠近，一張皺紋遍佈的臉龐出現在眼前，正是那天在後門遇到推著回收車的老爺爺。

「你好。」段仕鴻微微鞠躬。

「哎唷，好久沒有人來看我這個老人家啦。你是俊秀的大兒子嗎？」老人說。

「俊秀？」段仕鴻歪頭說。

「還是俊強？」

「俊強？」

「還是……俊什麼的，我有四個兒子，很難記得住名字。你是誰的兒子？」老人說。

段仕鴻立刻搖頭，說：「都不是，爺爺，我只是來向你問一件事情。」

「噢，是來問事情的啊。我記得的事情不多，可不要考倒我。」老人說。

段仕鴻微微一笑，說：「不會的。我只是想請問你，你最近有在周家撿過一整疊不要的書，對嗎？」

「周家？」老人望著門邊的柱子，陷入了沉思。

「那是很大一棟豪宅。你應該有印象。」段仕鴻說。

「喔，」老人抓抓頭，說：「好像有，不知道撿了什麼。」

「你撿了一疊書，不知道你賣掉了嗎？能讓我看看嗎？」段仕鴻說。

老人想了一會，拄著拐杖，一步步往內走去。段仕鴻不明白他的意思，只好跟在他身後。門後是一個偌大的庭院，雖說是庭院，但裡頭的雜物比花草還多。泥濘遍佈，角落有間年久失修的木質倉庫，破洞的地方用一塊塊的補釘封起，門前橫放著一塊木板。左側則是破舊的矮房，從上方的鐵皮屋頂看來，只怕前面的遮簷和後方的房間，都是違建加蓋的。

老人走向一堆紙箱，緩緩彎下腰，掀開紙板，露出底下一整疊書本，高度直到段仕鴻膝蓋。

「可能在這邊，你找找看。」老人說。

「謝謝。」段仕鴻蹲下，仔細檢查每一本書封。儘管已經隔了好久，但是他對那本綠色書冊印象很深刻，他相信他一眼就能夠認出來。

老人撐著拐杖，歪頭看他在做什麼。

「你在找什麼？有鈔票嗎？」老人小聲說。

「有嗎？我不知道。我只是在找一本書……有了！」段仕鴻眼睛發亮，從書堆裡抽出一本綠色書籍，臉頰因為興奮而潮紅。「有了！有了！就是這一本！」

他迫不及待的將書攤開，平放在地上，右手飛快的翻過書頁。然而，一直到最後一頁，都沒看見想找的東西。

找尋了這麼久，卻總是在最後一刻擦肩而過。一時間，他像洩了氣的皮球，無力的垂下脖子。怎麼會？那撕下的日記紙怎麼會不在這裡？是誰拿走了？

老人輕拍他的肩膀，說：「年輕人，你夾了很多錢在裡面嗎？」

「不是，只是一張重要資料。你翻過這些書嗎？」段仕鴻說。

「還沒。」老人搖了搖頭，說：「現在好多人會在書裡夾錢，我都會隨手翻翻。不過這一疊太重了，還沒時間檢查。」

段仕鴻眼神掃過書堆，從書籍封面的乾淨程度看來，老人說的是實話。

「你別擔心。我如果找到了錢，會還你的。」老人說。

「不是錢的問題。」段仕鴻拍拍膝蓋，站起身來，說：「對了，爺爺，我在第一次經過附近的時候，跟你問起那棟房子三年前的意外。」他指著左手邊的周家舊別墅，「你說：『好像有個男人，做了一些可怕的事』。你還記得嗎？」

老人一臉茫然，說：「他做了什麼事？」

「這就是我想問你的問題。雖然你後來飄到當兵的回憶去了，但是，我想，這一句話應該是真實的記憶。」段仕鴻說。

「什麼意思？」老人說。

「意思是——你很可能是當年唯一的目擊者。我請你再仔細想一想，三年前，扉兒十八歲生日的那個晚上，你看見了什麼？」段仕鴻說。

「我不知道啊。三年前的事，誰可能記得？」老人說。

「爺爺，請你一定要想起來。當年住在隔壁的那個女孩，現在正面臨生命危險，只有你——才有可能拯救她。請你再認真想想。」段仕鴻說。

老人眼望著地面，皺起眉頭，發出「嗯——嗯——」的沉思聲。

「聽說回到事發的地方，能讓人更容易回想起當時的經過。我想麻煩你跟我走一趟。」段仕鴻帶領著他，穿過庭院，推開後門，來到周家的舊家後院外。

那傾頹的牆壁仍佇立在原地，彷彿一道傷痕，等待人們再度掀起當年的瘡疤。老人望著牆壁，雙手撐在拐杖上，呆呆的看得出神。

段仕鴻目光沿著斷垣掃過，倏然間，有一道暗紅色污漬吸引了他的注意。他蹲下身，伸出食指滑過污漬表面，說：「這是……當年的血跡。」

「血……血……」老人臉色微變。

「也就是說，扉兒說在後院被打暈這件事，是真的。」段仕鴻說。

「扉兒……那個女孩……」老人喃喃自語。

段仕鴻站起身來，說：「爺爺，你可以想起來的。也許你看到什麼令人害怕的東西，所以選擇忘記。也許那畫面裡都是鮮血，你才會回憶起當兵的同袍。不管怎樣，你看到了什麼。請你一定要告訴我，那個男人——是誰？」

老人眼神呆滯，嘴唇顫抖了起來，指著牆邊，說：「到處都是警鈴聲，好吵、好吵。那個女孩……臉上都是血，昏迷不醒，被抱上車。」

「被誰抱上車？」段仕鴻說。

「管家，還有她媽媽。」老人說。

段仕鴻點點頭，說：「然後呢？有人跟你說了什麼？還是你看到了什麼？是誰滿手都是血？」

「她媽媽叫我閉上嘴巴，然後閃遠一點。我就走了回來……」老人一步一步走向自己家的後門，「我走了進來，」他說著踏進後院。忽然間，轉頭望向牆內，睜大了雙眼，彷彿看見了什麼東西。「他在這裡——」

「在哪裡？」段仕鴻望著空蕩蕩的圍牆邊。

老人指著牆壁，說：「他在這裡，滿手都是鮮血。我一動也不敢動，忽然間，他轉頭對我笑了一下，然後就衝了出去。」老人說完，身體搖搖欲墜。段仕鴻連忙上前扶住他。

「他是誰？你認得出來嗎？」段仕鴻說。

「我不知道。我好像常常看到他，他每次都穿西裝，但是……不知道叫什麼名字。」老人說。

「你常常看到他？」段仕鴻飛快點出手機裡江衛君的照片，說：「是他嗎？」

老人搖搖頭，說：「不是。」

段仕鴻手指滑動，從扉兒個人網頁點出和Frank的合照，說：「是他嗎？」

老人歪頭看了一會，說：「不是。沒那麼年輕。」

「那……他有沒有什麼特徵？」段仕鴻說。

老人閉上眼睛，想了一會，說：「那個時候他蹲著，褲管掀了起來。我看到他小腿上有個刺青，是一頭獅子。」

就在此時，手機鈴聲響起，那急促的旋律彷彿暗示著噩耗的降臨。段仕鴻接起電話，剎那間晴天霹靂，直直劈開他的心頭。

段仕鴻感覺喉嚨梗塞，幾乎要喘不過氣來，說：「你……你說什麼？」

「這裡是禾眾醫院。我們要通知你，范琬如小姐在路上被人用刀攻擊，陷入昏迷，目前正緊急進行手術。」

第十一章─孕婦殺手

段仕鴻坐在醫院走廊的椅子上，將頭埋在手臂之間。他已經維持著這個姿勢，不知道過了多久。窗外的天色由明轉暗，又從黑轉成魚肚白。

他還是沒有移動。

他的雙目紅腫，嘴唇乾裂，必需要用盡全力才有辦法呼吸。他只想讓自己越難受越好。如果這能分擔她身上所承受的折磨，那麼他願意立刻倒下。

這都是他的錯。

他在想什麼？在那樣的時刻，他為什麼沒有守護在她身旁？她是他最重要的人，然而，他不僅沒有給她幸福，更帶來一場災難。

他緊握拳頭，指節發出「劈啪」的聲音。她說過的那些話迴盪在耳際：「我……我好怕有人闖進來，傷害我們的寶寶。我好怕你出了事。我好怕……好怕現在安穩的生活，就要被摧毀了。」一字一句，宛若一刀刀割在心上，鮮血淋漓。

如果她再也醒不過來，如果再也看不見那雙明亮的大眼睛，如果回家再也沒有歡笑，如果再也牽不到那雙溫暖的手，如果……如果……段仕鴻緊緊咬著嘴唇，再也想不下去。

忽然間，有人點了一下他的肩膀。

「你去休息吧，有消息我會叫你的。」

段仕鴻抬起頭，眼前的人好久不見，居然是副局長謝英。她穿著俐落的黑色長褲，頭髮剪到耳朵上緣，看起來精明又幹練。

「謝英？」段仕鴻站起身來，和謝英互相擁抱。

「我很遺憾在這樣的情況下見面。」謝英說：「你看看你，臉色蒼白成這樣。這裡我守著，你先去休息吧。」

「不，不！我從來都沒有守著她，這是我的錯。我必須坐在這裡，一直到她平安出來。」段仕鴻坐了下來。

「她……」謝英欲言又止，頓了一下，說：「好，我陪你。」

段仕鴻嘆了一口氣，說：「你連一句『她會沒事的』都說不出口。告訴我，她是不是……是不是……」

「我不想騙你，她的情況很嚴重。被人發現的時候，她倒在血泊裡，全身是血，尤其是肚子——」

「肚子？」段仕鴻瞳孔斗然放大，跳起身來，「是孕婦殺手？」

「目前還在調查中，無法確定——」謝英說。

「告訴我！」段仕鴻大聲說。

謝英清了一下喉嚨，說：「按照犯案手法看來，很有可能是孕婦殺手。」

「是他！是他！」他來回踱步，雙手亂抓著頭髮，「但是，為什麼是她？為什麼？」

「琬如……她是不是知道什麼？」謝英說。

「知道什麼？」段仕鴻說。

「她和其他受害孕婦不太一樣。我們根據她的傷勢研判，她提早發現了兇手意圖，轉身跑走，最後還是被兇手追上。兇手朝她的背部刺入一刀，讓她跌倒在地，然後將她翻身，朝肚子猛刺。她曾試圖用手奪刀，所以她的右手指節上有割痕，她大聲呼救，讓兇手害怕而逃走。」謝英說：「截至目前為止，孕婦殺手都是在荒郊野外下手，然而，她是唯一一個提早知道該轉身逃走的人。」

「還是太遲了，還是太遲了。」段仕鴻喃喃自語，不知道在指范琬如還是自己。

「從現在開始，這個案子由我接手。我需要你的幫忙，告訴我，你知道些什麼，為什麼琬如會出現在那個地方？」謝英說。

「什麼地方？」段仕鴻說。

「平城街口旁邊的小巷子。」謝英說。

「怎麼會？」段仕鴻說：「她從來沒去過那附近。」

「你能想到她有什麼理由會去嗎？」謝英說。

「那裡不是商場，也沒有認識的人，她為什麼要去那裡？除非……她要找什麼東西？」段仕鴻想起昨天她說的話：「我要你把事情查得水落石出。周鈺扉的事情也好，孕婦殺手的事情也好，你一定要把殺人兇手抓出來。」他猛然抬起頭，說：「她要去找線索！」

「她是為了調查孕婦殺手的事？」謝英說。

「對，她昨天接到騷擾電話——」段仕鴻話未說完，謝英從口袋掏出一張資料，說：「你說的是昨天晚上八點十六分到二十分的時候嗎？」

「差不多。你怎麼知道？」段仕鴻說。

「我們調查過你家和她手機的通聯紀錄，只有那三通是不常見的來電，原來那是騷擾電話。」謝英將紙張折起，說：「不過，電話來源在南部。我們調查過那人，已經初步排除嫌疑。」

「她說她昨天回家被跟蹤，但沒看到是誰。」段仕鴻說。
「被跟蹤嗎？好，我們會調街上監視器看看。另外，我想給你看個東西。」謝英掏出一個透明的證物袋，袋子裡有張被鮮血浸潤的紙條。
段仕鴻心頭彷彿被重擊了一下，他知道那是琬如的血。流了這麼多血，那會有多痛？他別過頭去。
「這是她一直握在左手的紙條。」謝英說：「你再看仔細一點。」
段仕鴻只得移回目光，紙條上畫著一個S的符號，S中間則畫著兩豎直線。
「這是……錢的符號？」段仕鴻說。
謝英點點頭，說：「我們查過她的戶頭，並沒有什麼異常。她最近缺錢嗎？」
「不，不可能。如果有這樣的狀況，她會告訴我的。」段仕鴻說。
就在此時，銀白色的手術室門敞開，戴著手術帽的醫師走了出來，口罩遮蔽了他的表情。段仕鴻和謝英一同迎了上去。他的胃部一陣絞痛，胸口劇烈起伏，不敢面對即將聽到的消息。
「怎麼樣？」他的聲音藏不住顫抖。
「我們盡力了。」醫師搖了搖頭，那動作彷彿在宣判著死刑，「我們留不住孩子。」
剎那間，他只感覺胸口發麻，一陣頭暈，差點站立不住。謝英反應及時，伸手扶住了他。四周空氣似乎被抽乾了，變得好稀薄，他連呼吸都在喘氣。
「那……那……那……她……」他的牙齒打顫得太過厲害，說不出話來。
「范女士目前狀況危急，必須住加護病房觀察。」醫師說。
「危急？是怎麼樣危急？我是說，她會……會……」段仕鴻說。
「我們會盡全力救治她。」醫師說。

段仕鴻隔著玻璃，看著躺在加護病床上的范琬如。她緊閉雙眼，罩著呼吸器，臉上毫無血絲，那曾經隆起的肚子已經無力的消下。

他的眼淚已經流乾了，偏偏還想哭。

曾經的回憶洶湧上心頭——結婚那天，他曾許下誓言，要讓她成為世界上最幸福的女人。那時她笑得多開心，在他唇上親了一吻，說：「我已經是了。」

這句話如今聽起來，卻特別令人心碎。

他還想要多看幾眼，護理師就催著他時間到了。他回到醫院的走廊上，謝英已經離開了，取而代之的，是另一張熟悉的面孔。

「阿鴻，」柯毅豪給了他一個擁抱，「她會沒事的。她很堅強，一定會撐過去。」

段仕鴻低下頭，說：「這都是我的錯，是我害了她。」

「不，你沒有害她，是孕婦殺手害了她。我就知道你會自責，但是，你聽著，真正傷害她的人還在外頭逍遙，你要這樣放過他嗎？」柯毅豪說。

「我絕對不放過他。」段仕鴻說。

「你要坐在這裡自暴自棄，還是要好好保重身體，為琬如出一口氣？」柯毅豪說。

段仕鴻眨眨眼，沒有回答。

「所以說啦，現在，你立刻回家，好好洗個澡睡覺。」柯毅豪拍了拍他的肩膀，「我在這裡等著。你放心，一有消息，我馬上通知你。」

段仕鴻猶豫半晌，最後點點頭。他握緊拳頭，一步步往醫院外走去。

不管是誰傷害了她，都要讓他付出代價。

*

段仕鴻回到家裡，屋內一片死寂，沒有陽光，也沒有半點聲音。餐桌上壓著一張小紙條，是范琬如出門前寫下的話語：

「冰箱沒有雞蛋了，明天和牛奶一起買吧，還要順便去繳水電費$。我晚點回來，晚餐就吃對面的雞肉飯吧。

Ps.就叫小櫻桃吧！」

紙條旁邊，擺著那頂剛織好的三角帽，上頭的花樣是鮮紅色的櫻桃。段仕鴻心痛如絞，那一剎那間，他真實感受到一條小生命的流逝。那曾經是他的女兒，是他殷殷期盼的那張臉龐，如今卻永遠都看不到了。

他抓緊帽子，大聲哭了起來，哭聲裡是哀悼、是疼惜、更是思念。他不知哭了多久，等他再度睜開眼睛時，才發現自己趴在桌上睡著了。

他打了通電話，確定一下范琬如的狀況後，就起身出門。

中午的艷陽高掛，刺痛他的雙眼。他站在平城街口旁邊的小巷子，柏油路的地面上還殘留著血跡，讓他心頭一陣刺痛。

他深吸一口氣，站在血跡上方，往遠處望去。四周充滿了廢棄房屋，幾乎沒有人經過，琬如究竟是為了什麼才來到這個地方？

最有可能的是——她是被騙到這個地方，或是逃到了這個地方。

段仕鴻沿途查探。他穿越兩條馬路，來到稍微熱鬧一點的街區。街上林立著郵局、書局、咖啡店等等，但這些店在他們家附近都有，她為什麼要特地跑來這裡？「錢」的符號究竟代表什麼？

他邊走邊思索著，突然間，停下了腳步。眼前出現「星野銀行」四個大字，銀行不就代表著「錢」嗎？

他推開玻璃門，走了進去。

「你好，請問要辦理什麼業務？」服務人員迎向他。

「我想請問一下，昨天這位女士有來過這個地方嗎？」段仕鴻在手機螢幕上展示范琬如的照片。

服務人員搖搖頭，說：「抱歉，我沒有印象。」

「謝謝。」段仕鴻推門出去。

他一連問了好幾間店家，但得到的答案都是否定的。他又餓又渴，隨便找了一間麵店吃午餐，正夾著麵條品嚐時，忽然瞥見對面的招牌——

「錢俞富議員辦公處」

他瞪大眼睛，不由自主站起身來。難道那個「錢」，指的不是真實的錢，而是這個姓氏？看板上的名字十分耳熟，似乎在哪裡聽過。段仕鴻喃喃自語：「錢俞富、錢俞富……」赫然想起這人是他病人的爸爸，也就是那天在周家門口遇見，帶領他進去茶會的人。

他快步穿越馬路。門口停了兩台車，一台是競選車，另一台則是——

紅色的轎車。

段仕鴻警覺心起，一步步往內走去。大門敞開，兩張扶手長椅圍著一張長桌，一旁散落著幾張圓形矮凳。通往內室的門邊坐著一個女員工，正忙著處理辦公桌上堆積如山的文件。

「你好。」段仕鴻走向她。

女人抬起頭，眼鏡垂落在鼻梁上，說：「你好，有預約時間嗎？」

「沒有，我是議員的朋友，只是來找他聊個事情。」段仕鴻說。

女人噗嗤一笑，說：「每個走進來的人都自稱是議員的朋友，也都只是來聊個事情。你等一下，我看看他電話講完了沒？」

她推開門走進去，議員的聲音從裡頭傳了出來，正在發表對孕婦殺手事件的憤怒。段仕鴻胃部一陣緊縮，隔了幾秒，女人走了出來。

「他正在接受媒體電話採訪，不過快結束了。你在這裡稍等一下可以嗎？」女人說。

「沒問題。」段仕鴻說。

「隨意坐，要喝茶嗎？」女人說。

「不用，我站著等就可以了。」段仕鴻假裝漫不經心的走到窗戶前，指著外頭的紅色車子，說：「那台車保養得真好，是議員的車子嗎？」

女人瞥了一眼，說：「對，是他的。」

「最近很忙吧？孕婦殺手和周家的事情鬧得沸沸揚揚，媒體可不會放過這些新聞。」段仕鴻說。

「嗯，再加上前天的攻擊事件，警方把消息封鎖得很緊，到目前都還不知道被害者的身分。沒得採訪的媒體只好繞著政治人物打轉，說個話，罵幾句，也能當條新聞了。」

段仕鴻乾笑幾聲，說：「難怪錢議員常常要加班到半夜。」

「他從來不加班。」女人瞇起眼睛，說：「你不是他的朋友吧？你是哪家的記者？」

段仕鴻微微一愣，記得在看診時曾聽議員的老婆說過，議員常常加班到半夜。既然他不是加班，只是晚歸，那中間消失的行蹤就更加啟人疑竇。各種跡象推論起來，錢俞富都很符合周鈺扉祕密對象的描述。當然，也可能只是個巧合。

就在這個時候，門打開了，錢俞富探頭出來。他花了好幾秒才認出段仕鴻，揮手說：「段醫師，沒想到你會來找我，一時間沒認出來。來來來，請坐請坐。」

段仕鴻瞧了女員工一眼，說：「我有比較私人的事情想拜託你。」

「喔，」錢俞富立刻會意，指著自己的辦公室，說：「辦公室裡有沙發，比較舒服。咱們坐裡面吧。」

段仕鴻跟著進去，望著錢俞富穿著西裝的背影，回收老人的話赫然迴盪在腦海：「我好像常常看到他，他每次都穿西裝，但是……不知道叫什麼名字。」當年狠心把扉兒毀容的人，會是他嗎？他的小腿上可有獅子的刺青圖騰？

錢俞富就在這個時候回過身，微笑說：「段醫師，請坐。」

眼前是個約莫五坪大的辦公室，門前擺放著一張L型沙發，牆邊的書櫃塞滿了文件和書籍，辦公桌則是外頭的兩倍大。

角落立著一塊色彩鮮明的衝浪板。段仕鴻的眼球立刻被吸引，說：「哇，你會衝浪？」

錢俞富笑了一聲，說：「大學時候的事了，那時候我是衝浪社的社長。」

「大學時候啊……」段仕鴻說：「不過，這衝浪板看起來很新呢！」

「是啊，這是新買的。前陣子覺得手癢，買了一塊衝浪板，就跑去衝浪了。」錢俞富說。

「我也好久沒衝浪了。這附近有適合衝浪的地方嗎？」段仕鴻說。

「最近的地方，就是紅葉海濱。不過那裡人多，容易被認出來，我不太喜歡去。」錢俞富說：「抱歉呀，雖然是公眾人物，有時候還是需要私人空間的。」

「我可以理解。雖然是衝浪，但是還是在人少的地方才能放鬆。」段仕鴻一邊說，一邊想著該如何修辭才不會顯得刻意，「所以，身為一個衝浪大師，你應該有自己的祕密基地吧？」

錢俞富微微一愣，喝了一口茶，說：「什麼大師，我只是鬧著玩的，業餘得很。我爸媽留下一棟濱海小木屋，那裡幾乎沒有人來，很適合衝浪。咱們約個時間，下次帶你去。」

「那就太感謝了，到時候你可別笑我。」段仕鴻說。兩人一齊大笑。

「對了，段醫師，你還沒說今天來主要是為了……」錢俞富說。

「喔，對，」段仕鴻腦筋急轉，迅速編織出一件需要幫忙的事，「那個……因為前陣子的不實傳言，家裡接到了騷擾電話。我老婆現在在家裡待產，都沒辦法好好休息——」段仕鴻拉長了尾音，停頓片刻，雙眼緊盯著錢俞富的反應。

他知道琬如受傷了嗎？他會發現這段話有陷阱嗎？

然而，錢俞富眼睛眨也沒眨，只是點點頭，說：「那的確是辛苦了。」

「因為你跟媒體關係比較好，希望你能請他們不要再播報那些不實傳聞了。」段仕鴻說。

「這沒問題。其實我之前就有跟他們說過，段醫師不是殺手，請他們不要亂報。唉，看來要再多提醒幾次才行。」錢俞富說。

「真是謝謝你了。」段仕鴻說。

兩人又說了一番客氣話，段仕鴻這才站起身來，告辭離去。他眉間微蹙，心中滿腹疑雲。如果錢俞富是孕婦殺手，那他的演技簡直是爐火純青，連那麼一剎那的遲疑都沒有。除了琬如手中的那張紙條，幾乎沒有線索能把兩者連結在一起。

儘管他符合「半夜約會」和「紅色車子」這兩點，也沒有辦法證明他就是周鈺扉的偷情對象。

段仕鴻走出門外，忽然聽見右手邊傳來一聲訕笑。

「怎麼樣？看你這個表情，談得不順利嗎？」女員工說。

「也不是，只是……」段仕鴻轉過頭，猛然間，眼睛斗然睜大——女員工手上的馬克杯，和周鈺扉房間裡的幾乎一模一樣。

他倒抽一口氣，跨上兩步，將眼睛貼得更近。杯身上印著一片海灘，夕陽餘暉渲染了整片海洋，而沙灘上散落著一雙棕色男版拖鞋。

毫無疑問，眼前這個杯子，和周鈺扉的馬克杯是對杯。

「怎……怎麼了嗎？」女員工說。

「喔，抱歉，」段仕鴻低下頭，調整好自己的表情，然後微笑抬起頭，說：「剛剛乍看之下，錯看成我的拖鞋，還以為是我上次出國拍的照片呢！」

「怎麼可能？」女員工笑了兩聲，說：「這是議員上次出國玩買回來的。」

「是他送你的？」段仕鴻說。

「他本來都忘了，最近整理東西發現，就拿來送我了。」女員工說：「聽說是用照片訂做的。風景看起來還不錯，只是不知道為什麼要拍那雙拖鞋……」

段仕鴻沒有聽完，就快步衝了出去。風迎面而來，拉扯著他的髮梢。他的臉色漲紅，雙手握拳，指甲緊緊嵌進掌心——越是重要的時刻，越不能搞砸。

他用顫抖的手指拿起手機，電話響了一秒鐘就接通。

「喂，謝英，我覺得我知道——周鈺扉在哪裡。」

第十二章─受害者

那天傍晚，新聞頭條鋪天蓋地襲來，佔據了所有的新聞台畫面。幾乎每家媒體都在播報這則駭人聽聞的綁架案，起源於一段見不得光的不倫戀。

段仕鴻坐在醫院走廊的椅子上，和其他等待的病人一樣，全神貫注盯著掛在上方的電視。他的瞳孔放大，呼吸急促，面對自己猜中的結果，他卻和大家一樣震驚。

他沒有跟著謝英到犯案現場，這一次，他選擇守候最重要的人──他要在醫院等著，等多久都好。只要她一睜開眼睛，看到的第一個人就是他。

不知道誰拿了電視遙控器，將主播的聲音轉得更大聲，一字一句清楚的傳進他耳朵：「就在剛剛一小時前，大批警力前往議員錢俞富的老家，在那個與世隔絕的鄉村小屋裡，赫然發現倒在地上的周鈺扉。她身上沒有傷口，但雙手手腕有綑綁痕跡，另外有脫水現象，意識不太清醒。警方第一時間已經將她送往地區醫院救治。」

電視畫面跳到一個鄉下場景，附近雜草叢生。如果不是攝影機鏡頭特寫，根本不會發現小木屋的存在。

記者拿著麥克風，說：「那裡是議員錢俞富的老家，周鈺扉就是在那間房子裡被發現。根據附近住戶提供的消息，錢俞富曾多次帶周鈺扉來度假。兩人互動親密，所以，他們一直以為她是他的老婆。」

接下來是一段採訪畫面。一個老農民坐在藤椅上，被攝影機和麥克風包圍，說：「他們幾乎不打招呼，所以我也不知道他是誰。只是看見他們每次都一起來，就以為她是他老婆，更沒有發現她被關在這裡。」

畫面又回到記者身上：「對於錢俞富的犯罪動機，警方目前正朝感情糾葛方向去偵辦。不過，根據網路消息指出，兩人其實偷情已久。這次的事件，是因為周鈺扉不小心懷孕了，錢俞富生怕東窗事發，才綁架周鈺扉，並強迫她拿掉孩子。至於更多細節，只能等周鈺扉身體痊癒後才能了解。但由於犯案的時間點和孕婦殺手相近，再加上周鈺扉曾經懷孕，目前不排除兩者的相關性。」

段仕鴻聽見「孕婦殺手」四個字，忍不住深吸了一口氣。就在此時，鈴聲擾亂了他的思緒，他接起手機。

「喂，我本來想告訴你，不過你應該已經看到新聞了？」謝英說。

「是他？」段仕鴻說。

「目前還要等進一步調查——」

「告訴我！」段仕鴻大聲說。

謝英嘆了一口氣，說：「你知道我不喜歡說還沒有百分之百的事。不過，嗯，目前所有的證據都指向是錢俞富綁架了周鈺扉。他的小腿上——根據你說的，我特別留意了一下——的確有獅子刺青。」

「他果然就是當年把周鈺扉毀容的人。」段仕鴻說：「不過我問的不是這個。」

「我知道你想問什麼。我跟你保證，如果真的是他，我不會放過他。」謝英說。

「琬如手上那張紙條，寫得很清楚。」段仕鴻說。

「是很清楚，但是琬如是怎麼發現的？」謝英說。

「我不知道，也許她被跟蹤時，發現了他的身分，就偷偷寫在紙上。本來想逃跑，卻反而被攻擊

——」段仕鴻說。

「但是，如果你被跟蹤了，你第一時間會寫下來，還是會打電話？」謝英說。

「也許她怕一拿起手機，就會立刻被攻擊。或是……她還在生我的氣，我每次都不接，也有可能……她想靠自己解決這件事情。」段仕鴻亂抓頭髮，說：「我不知道，這哪裡重要了？」

「我只是想釐清每一件事情。」謝英說：「我知道你很憤怒，我也希望你知道，我和你一樣憤怒。更因為這樣，我們才不能放過每一道線索、每一種可能。」

「所以，我相信琬如給的線索——」段仕鴻說。

「段仕鴻，你冷靜點。警方不能因為一張紙條就斷定他是孕婦殺手。」謝英說。

「那不是一張紙條，那是琬如拼了命寫下的線索——」

「我知道，我也覺得那很重要，琬如一定是想說些什……」謝英忽然停頓了一下，電話那頭傳來警察說話的聲音。聲訊吵雜，段仕鴻聽不太清楚。

過了幾秒，謝英回來了，帶著沈重的口吻，說：「就在剛剛，在錢俞富的議員辦公處，找到了沾有血跡的刀子，切口吻合受害孕婦們肚子上的傷痕。」

段仕鴻握緊拳頭，指節間吱嘎作響，用力往牆上搥下。

*

一天後，周鈺扉在媒體的簇擁下步出醫院。她的臉色泛白，四肢虛弱，走路還需要人攙扶，但還是記得畫了濃妝。

黃筱怡亦步亦趨的跟在她身邊，攙扶著她的手，滿臉疼惜。每件事都親力親為，幫她撐傘、幫她開車門、幫她背包包，三不五時開口詢問她的身體狀況，像極了一個慈母。

他們稍晚舉辦了一場盛大的記者會。記者會擠得水洩不通，閃光燈源源不絕。這可是橫掃頭條的大新聞，誰都不想錯過。

周鈺扉戴著深色墨鏡，坐在一張長桌前，桌上插滿了各家媒體的麥克風。黃筱怡緊依她身邊，擔憂的視線沒有離開過她的臉龐。

周鈺扉喝了一口水，終於開口說話，聲音低沉沙啞：「我被囚禁了十四天。在這十四天裡，被關在偏僻荒涼的小木屋，受盡折磨，還被逼吃下墮胎藥。這一切的罪魁禍首，就是錢俞富議員。」

此言一出，眾人譁然。各家記者爭先恐後，問題排山倒海而來。周鈺扉將嘴再度湊上麥克風，一時間四周安靜下來。

「這件事我已經隱瞞了好久，但是……我再也忍不下去了。我的人生，不想要再這樣下去，所以今天，我要把那個祕密告訴大家。」周鈺扉沉默了好幾秒，然後深吸一口氣，說：「很多人都知道，三年前，在我十八歲生日那天，發生了意外，我因此生了一場大病，住院了好幾個月。其實……」

周鈺扉低下頭，語音哽咽，說：「其實……我不是生病，我是被人攻擊，昏迷過去，整張臉遭到毀容。醒來的時候，人已經在醫院裡。」

這段話引起了更大的迴響，人群發出驚呼聲，好幾名記者按捺不住，衝上前來提出問題。一時間場面吵雜混亂，相互推擠。

黃筱怡站起身來，大聲說：「請大家回到原位，扉兒自己會做說明。」

場面迅速安靜了下來。周鈺扉吞了一口口水，說：「我在醫院醒來，一開始什麼都不記得，他常常來探望我，說笑話給我聽。我一直都不知道，那個傷害我的人，日夜都陪在我身邊。直到有一天，他坐在我床頭，不小心打翻了一個玻璃杯……」

「『匡噹』一聲，那個聲音……那個聲音……我到現在都還記得，那是三年前打破酒瓶的聲音——也就是那個傷害我的兇器。那瞬間，我終於被敲醒，驚覺眼前的人根本不是好人。他在生日當天藉酒裝瘋，想強暴我，我大力反抗惹惱了他，他一怒之下，拿酒瓶往我頭上砸下，再將我毀容。」

人群中有人發出低呼。周鈺扉眼神空洞的望著遠方，說：「我想起來了，我想尖叫，但病房裡只有他一個人。我想按求救鈴，但被他發現了，他說：『很好，很好，你終於想起來了。你只要照照鏡子就知道，這就是反抗我的下場。現在，你還要不聽話嗎？』我說：『我要告訴大家，叫警察把你抓走。』他說：『他們找不到證據的。我是議員，你只是個小屁孩，你覺得他們會相信誰？現在，你連自己什麼東西放在哪裡都想不起來了，還指控我攻擊你，有誰會相信？』我很害怕，說：『你想怎樣？』他說：『我要你當我的情婦。』」

周鈺扉雙手摀住臉龐，淚珠從指尖涔涔滑落。

黃筱怡跟著抽了兩張衛生紙，擦拭著自己沒有淚水的眼角，說：「都怪我，我怎麼都被蒙在鼓裡，沒有提早發現呢？都怪我，這一切都怪我。」

記者會裡鴉雀無聲，只聽見幽幽啜泣。周鈺扉哭了半晌，終於抬起頭來，說：「可是，這個惡夢還沒結束。我聽了他的話，跟他約會，跟他上賓館，當地下情婦好幾年，直到幾個月前——我發現我懷孕了。」

「這人渣禽獸不如，簡直不是人。」黃筱怡咬牙切齒的說。

「我告訴他，他當然要我立刻拿掉。我想一想，決定說不要，這是他強暴我的證據，我要趁這個機會揭發他的惡行。」周鈺扉說：「他很生氣，說我不聽話，就在某天看完牙齒的晚上，他強行將我擄走。我哭著求他別傷害我，他逼我吃下墮胎藥，那天晚上，我痛得昏過去好幾次，流血流了好多天。我們換了幾個地方，我幾次想逃走，都被他抓了回來。他說再抓到一次，就要讓我重新體驗當年的痛苦，我嚇壞了，再也不敢逃跑。我以為……就要這樣死去了，一直到昨天警察破門救了我。」

「可憐的孩子。」黃筱怡輕拍著她的肩膀。

「謝謝警察為我伸張正義，謝謝社會大眾的關心，謝謝粉絲們的守護。我曾經瀕臨崩潰，都是因為有你們，才讓我有勇氣繼續活下去。扉兒回來了，謝謝，謝謝你們。」周鈺扉說。

這段影片很快在各大電台重複放送，在政商名流界掀起一陣驚天波瀾。周鈺扉的父親大為震怒，從國外匆匆趕回來，親手處理這件大事，並發誓將替女兒找回公道。

「錢俞富」三個字儼然成為邪惡的代名詞，網路開始流行「你錢俞富喔？」的罵人方式。媒體天天在幼稚園門口圍堵錢俞富的女兒，訪問她對「父親是連續殺人犯」的看法，那五歲女孩在麥克風前急得哭了，在一團混亂中被老師抱離現場。

隨著案情進展，警方在第三天公布的消息，更是投下一顆震撼彈——在錢俞富辦公處的花圃裡，發現了一把兇器。經過檢驗，證實刀上沾有受害孕婦們的血跡。

雖然刀柄上沒有錢俞富的指紋，但以目前的證據推論，幾乎可以肯定他就是孕婦殺手。然而，錢俞富卻矢口否認，唯一承認的，只有周鈺扉肚子裡的小孩是他的。

這所有的紛紛擾擾，此刻都鑽不進段仕鴻的耳裡。范琬如的主治醫師剛剛宣布，她的生命徵象已經慢慢穩定，可以轉進一般病房。

段仕鴻心中憂喜參半，說：「那麼，她什麼時候會醒過來？」

「我們不確定。目前的情況，只能等了。」主治醫師向他點頭致意，然後離去。

段仕鴻呆愣在原地。琬如生命跡象趨於穩定，這是好事，對吧？但為什麼他還是沒辦法鬆一口氣。如果她沒醒過來呢？如果她永遠沒醒過來呢？

正在胡思亂想間，口袋裡的震動阻止了他的思緒。他接起手機。

「喂？謝英，你還好嗎？」段仕鴻說。

「忙爆。」謝英說：「但那不是你想問的事，對吧？」

段仕鴻笑了一聲，說：「你還是一樣直接，這也是我最欣賞你的地方。」

「會笑了？看來琬如轉入一般病房的事情，讓你壓力減輕不少。」謝英說。

「你知道了？消息很靈通嘛。」段仕鴻說。

「那當然。警方這邊一直到今天血跡檢驗結果出爐，確認錢俞富是孕婦殺手的重大嫌疑，才撤下琬如病房外的警衛。」謝英說：「她的安危是我們最在意的事。」

「那王八蛋認罪了嗎？」段仕鴻說。

「還沒。目前為止，他只認了和周鈺扉的地下戀情，其他指控一概否認。說我們沒有證據證明他綁架周鈺扉，說他不是孕婦殺手，一直喊他是冤枉的，打算要請律師辯論到底。」謝英說。

段仕鴻冷哼了一聲，說：「人證、物證都在，馬的，他哪裡冤枉了？他毀了多少個家庭，這種人……我真的想不通，他怎麼還有臉說話？」

「那把匕首是兇器沒錯，但是……上頭沒有他的指紋，確實讓警方缺乏有力的直接證據。他太狡猾了，周鈺扉指控的兩件事情，三年前的攻擊和後來的綁架案件，也都沒有鐵證。他大可說是被誣陷……」謝英嘆了一口氣，說：「唉，要不是需要證據，我真想一槍直接斃了那個人渣。」

「這太扯了！」段仕鴻來回踱步，忍不住越說越大聲：「你是說，我們抓住了那個人渣，卻沒有辦法將他定罪？這世界是怎麼了，沒有天理了嗎？」

「你別激動，總會想到辦法的。」謝英說：「我們……還有最後一張王牌。」

「你是指……」段仕鴻望向病房門口。

「琬如，她會是擊倒他最重要的關鍵。她一定要醒過來。」謝英說。

＊

在范琬如住進單人病房之後，段仕鴻整天都守在床頭。他偶爾會望著她平坦的小腹，紅了眼眶，悼念著那個連一面都見不到的女兒。

更多時候，他是望著手裡的紙條出神——那是她留在廚房的紙條，也是她最後寫下的話語。那熟悉的筆觸，那關心的語調，每唸一次，彷彿就能稍微撫平心中的懊悔。

就在此時，病房的門敞開，柯毅豪提著一袋泡麵出現。段仕鴻招招手，說：「我以為你說晚一點才來。」

「本來要等愛紗下班，不過……」柯毅豪聳聳肩，說：「現在不用了。」

段仕鴻一愣，隔了幾秒，說：「你們分手了？」

「你好像不是很意外。」柯毅豪說。

「她回去找Frank了？」段仕鴻說。

「馬的，你又猜對了。我有時候真討厭你這張料事如神的嘴。」柯毅豪說。

段仕鴻苦笑，說：「我料到了別人的事，卻料不到自己的事。那才是真的悲哀。」

柯毅豪拍了一下他的肩膀，坐在椅子上，說：「別這麼說，阿鴻，你最近散發的低氣壓快讓我不能呼吸了。你看到今早的新聞了嗎？」

段仕鴻搖搖頭，說：「我不想看到那個人的臉。」

「他被指控十二項罪名，羈押禁見，不得假釋。他們說，他隨機傷害孕婦，只為了模糊焦點，讓大家以為周鈺扉也是連環殺人的受害者之一。」柯毅豪說：「什麼樣的病態想法，才會讓一個人做得出這樣的事？」

「他擔心直接殺了周鈺扉，會讓案情太過單純，他也會很容易曝光，才拉了其他人陪葬。這樣的深沉心機，簡直泯滅人性。」段仕鴻說。

「你可知道，第一天的時候，他還在鏡頭前假惺惺的哭了，說什麼他是真的愛過她。看了都想吐。」柯毅豪說。

「有的人的愛是成全，有的人的愛是毀滅。當愛變了質，一切都變了調。當初愛得多深，就多想毀滅一個人。」段仕鴻說。

「為了一個女人，寧願毀滅了全世界。我想，他一定愛她愛得死去活來。」柯毅豪說。

「只是……」段仕鴻手撫下巴，回想在診間見到他的模樣，「我還是不能理解他的選擇。他感覺很疼愛他的女兒，就算他放得下妻子，又怎麼放得下女兒？」

「說的也是。照理說，愛得死去活來又放不下的人，常常是介入家庭的小三。不過周鈺扉是被逼迫交往的，所以也不能這麼推論。」柯毅豪說。

這番不經意的話，卻彷彿一道晨鐘，打醒了段仕鴻。他站起身來，來回踱步，說：「你說的對。愛得死去活來又放不下的人，該是周鈺扉才是。」

「不過她是被逼迫的——」柯毅豪說。

「一個被逼迫的人，會在自己的書桌上——對方看不到的地方，放著兩人的對杯？還常常用那個杯子喝水？」段仕鴻說。

柯毅豪吞了一口口水，說：「我有預感你將要做出很驚悚的結論。」

段仕鴻充耳不聞，陷入了沉思。他搓揉雙手，一股不安的感覺襲面而來，腦中有一道警鈴「嗶嗶嗶」的響起，提醒著他事情不對勁。

「周鈺扉的綁架案以及三年前的意外……這些都可以是周鈺扉編造嫁禍的。」段仕鴻的踱步聲越來越急促，說：「可是，那個兇器、琬如的紙條、還有那老人的說法，這三件事，都同時證明了這一切不是嗎？」

「真的要說的話，你說的這三件事，也可以是同一個人做的。」柯毅豪說。

段仕鴻驟然停下腳步，說：「你是說……」他迅速從口袋裡翻出那張紙條，仔細端詳字跡：「冰箱沒有雞蛋了，明天和牛奶一起買吧，還要順便去繳水電費$。我晚點回來，晚餐就吃對面的雞肉飯吧。

Ps.就叫小櫻桃吧！」

在那個水電費後面，畫了一個金錢的符號，是英文字母S加上一直豎。和那張遇害現場的紙條不同，段仕鴻記得很清楚，是英文字母S加上兩條直豎。

難怪第一時間看到的時候，有一股陌生的感覺，不是他所熟悉的筆跡。在他記憶裡，琬如一直都是越簡潔越好，永遠只畫一道線。

那麼，這張紙條，是誰塞進她的手裡？

段仕鴻倒抽一口氣，胸口劇烈起伏——是真正的孕婦殺手。那人嫁禍了錢俞富，將兇刀埋進辦公處的花圃，這也解釋了為什麼刀柄上沒有錢俞富的指紋。

自己是從什麼時候開始，走進了兇手布好的局。一步一步，讓他從來沒懷疑過那些話的真假，讓他始終相信周鈺扉是個受害者。

那人透露給段仕鴻的種種特質，都是為了將他引向錢俞富這條道路：西裝、常上電視、小腿上有獅子刺青、意外當晚的回憶。

是的，這一切，都是出自於一個記憶力不好的老人，卻清楚記得所有關於錢俞富的線索。

打從段仕鴻第一天在周家舊宅打探時，老人就出現在他身旁。老人佝僂的步伐和破碎的記憶力，反而讓他卸下了戒心。

現在想想，在他進去前，舊宅就曾經有人出沒的痕跡，在厚厚的灰塵上印出的那點圓點——他曾經以為是高跟鞋的鞋跟，但如今想來，卻更像是拐杖痕跡。而那張害他被警方懷疑的照片，也是從那個時候開始。

段仕鴻瞪大眼睛，深吸一口氣，意識到自己犯了多麼可怕的錯誤。他追尋著魔鬼，卻早就成為魔鬼玩弄的棋子。

剎那間，他竟說不出半句話來。他抓起外套，往外衝了出去。

「喂——喂喂喂，你的手機忘了帶……」柯毅豪的聲音隱沒在病房門後。

第十三章—日記

段仕鴻思緒沸騰翻攪，額頭上滲出涔涔汗水。他衝出醫院大門，順手招了一台計程車，直往英禾街而去。

為什麼老人要這麼做？他和周鈺扉究竟是同夥，是被利用，還是純粹順水推波，找個替死鬼？然而，以老人的力氣，真的有能力傷害琬如嗎？如果琬如轉身逃跑，他真的能追得上嗎？如果他是共犯，那麼，誰才是真正的主謀？

計程車就在這個時候停了下來，段仕鴻付了錢，打開車門。空氣飄著一股腐朽臭味，那破損陳舊的庭院門在風中搖晃，發出「機拐、機拐」的聲響，似乎隨時會塌裂。

這扇門後，究竟藏著什麼陳年的祕密，又埋葬著什麼見不得光的回憶？

段仕鴻伸手推開了門。裡頭空無一人，也不見擺在牆邊的回收車。

他跨過門檻，大聲說：「爺爺？爺爺你在嗎？」

聲音迴盪在雜物間，沒有人回答。一陣冷風襲來，將左側鐵皮屋的紗窗門掀得一開一合，像是惡魔的邀請。

段仕鴻來過這裡幾次，卻從來沒有走進房子裡。他猶豫了片刻，終於邁開步伐，踏進屋子。

一走進去就看見佛堂，供桌上擺放著一炷大香，祭拜著段仕鴻認不出來的邪像。那邪像貓臉鷹身，齜牙咧嘴，手持一把鐮刀。在螢綠色燈光下，散發著一股邪異的氣氛。

盤子上供奉的不是水果餅乾，而是魚骨和死蟲。段仕鴻只覺得一股寒意從頸後竄起，直逼腦門，手臂頓時起了雞皮疙瘩。

他深吸幾口氣，緩和了呼吸，這才掀開黑色門簾，往更裡面探索。經過一間儲藏室，他來到了廚房。廚房看起來年代久遠，灶爐裡還能看見燒過的炭火，角落的保冷箱散發出濃厚的魚腥味。段仕鴻屏住呼吸，掀開保冷箱一角，看見裡頭裝的是魚，稍微放心，又繼續往前摸索。

穿過一段暗不見光的走廊，他來到另一間門前。門扉緊閉，他轉了兩下門把，「咔」一聲門開啟了。裡頭是一間約莫五坪大的房間，窗簾緊緊拉起，似乎想阻絕外頭的陽光。段仕鴻瞇起眼睛，看見牆角擺著一張床鋪，床鋪上散落著女人的衣服。

他心中疑雲大起，快步走近，這一看，卻倒抽一口氣。那衣服堆裡有裙子、洋裝、甚至內衣褲，很明顯是年輕女子的衣服。其中一件迷你裙——段仕鴻記得清楚，是周鈺扉那天看診時穿的……

難道，打從一開始，綁架周鈺扉的人不是別人，就是這個老人？

這就解釋了為什麼老人想盡辦法陷害錢俞富。但是……周鈺扉既然已經脫離魔爪，為何跟著緊咬錢俞富？她還被威脅著嗎？她被抓著什麼把柄嗎？

忽然間，門外傳來「喀喀」的聲音。段仕鴻心中一跳，從門縫望去，看見是窗戶在晃動，稍微鬆了一口氣。他迅速離開房間，往後門方向快步而去。

走廊的盡頭通往最後一間房間。從敞開的門縫，可以隱約看到裡頭的床鋪，這大概就是老人睡覺的地方了。

段仕鴻沒有猶豫，直接走了進去。這一望去，差點驚叫出聲。

房間裡牽了好幾條繩索，上頭掛滿了照片，密密麻麻，大約有上百張。每一張照片裡，都有周鈺扉的身影——

不，不是周鈺扉。那是另一個小女孩，一個長得很像周鈺扉的小女孩。

段仕鴻倒退兩步，瞳孔斗然放大，呼吸越漸急促，必需緊緊捏著拳頭才有辦法保持冷靜。他還在消化眼前這一幕，這是……這是怎麼一回事？

在這一串照片裡，有小女孩從小到大的身影。她身邊陪伴的人，正是回收老人。兩人或手牽著手，或站在倉庫前，或一起出遊，或吃著生日蛋糕，感情好得不得了。

照片表面泛黃，充斥著手指紋印，邊角都掀起分岔，不知道被反覆端詳了多少次。那會是多少思念的累積，多少淚水的浸潤。

那一刻，段仕鴻恍然大悟——這老人是她的爺爺。

女孩青澀的照片停留在某張穿制服的時光，下一張開始，變成了濃妝豔抹的周鈺扉——更準確的說，現在的周鈺扉。而在那之後，再也沒有爺孫倆的合照，照片都是由社群網路擷取下來的。

儘管她全身名牌，用珠寶鑽石點綴，經過了整形手術，但仍掩不住那最初的臉型。

段仕鴻眨了眨眼，又揉揉眼睛，簡直不敢相信眼前這一幕——他一直以來看到的周鈺扉，竟然是這個老人的孫女。那女孩偽造了自己的失蹤，躲在這裡，聯合爺爺共同陷害錢俞富，將他推向大牢的深淵。

那麼，那個真正的周鈺扉，她在那裡？

段仕鴻只覺得腦袋有千斤重，跌跌撞撞的走出房間。他衝過走廊，撞開後門，終於逃離那間令人窒息的屋子。他倚著門柱，喘了幾口氣，揮之不去的腐敗味讓他胃部一陣翻攪。

他抬起頭，視線正好對上被鐵鍊封鎖的倉庫門。

記得剛剛看過一張照片，老人和女孩站在這個倉庫前。那時門還沒被封鎖，裡頭塞滿了掃帚、拖把等掃地用具。那麼，倉庫又是為了什麼封起？

段仕鴻站直了身子，一步步走向前，伸手去解開鐵鍊，發出「匡噹匡噹」的聲音。鐵鍊上鏽斑遍佈，好幾個交接處有鏽蝕痕跡，中間鎖著一個大鎖。段仕鴻用力一扯，「鏗」鐵鍊應聲而斷。

下一秒，他拉開了倉庫的大門——

塵霧瀰漫間，一副白骨赫然浮現眼前。

白骨端坐在木桶上，骷顱頭的空洞眼睛直對著段仕鴻的雙眼，下顎骨微張，露出一排整齊的牙齒，上顎兩顆正中門牙被假牙牙冠包覆著。

下一秒，細瘦的手腳骨頭因為失去了支撐，瞬間倒塌成一堆白骨。

段仕鴻驚呼一聲，踉蹌後退，他的心臟「碰碰」狂跳，那聲音大到全世界都聽得見。

剎那間，他明白了。那謎題背後的答案卻讓他按住胸膛，喘不過氣來——

那個女孩，在周鈺扉的十八歲生日，偷走了她的人生！

三年前發生的意外，不是性侵，不是毀容，而是一場活生生的兇殺案。真正的周鈺扉，在她十八歲生日那一天就死了，取而代之的，正是兇手本人。

那張環口放射影像之所以對不上來，是因為那是周鈺扉本人的牙齒。而這個冒牌的周鈺扉，在三年之後，卻誤打誤撞走進了同一間牙科診所。

段仕鴻睜大眼睛，腦中彷彿有道閃電劈過，一瞬間，所有事情都變得如此清晰。發生意外後的周鈺扉之所以性情大變，彷彿變了一個人，是因為她真的完全是另外一個人。

那麼說來，命案現場就在周家後院，斷垣上那道陳年血漬是鐵錚錚的證明。也許周鈺扉在抽菸時遇到了這對爺孫，不幸被攻擊，屍體被拖到這個倉庫裡。爺孫倆殺了人後，不僅煙滅證據，女孩更登堂入室，假裝被害者本人走進了周家。

那女孩本身就長得跟周鈺扉有幾分相似，換上她的衣服後，偷溜進她二樓的房間裡。因為時間急迫，難怪她會看起來衣衫不整。

也虧那女孩有這麼大的毅力，有勇氣舉起破酒瓶自我毀容，而不發出半點哀嚎——這證實了黃筱怡的說法，她在後續的檢查中，並沒有發現後腦勺的鈍器傷，以及被性侵的跡象。

女孩殺了人，進了周家，成了周家大小姐。為了避免被認出來，儘管做了整形手術，她還是頂著很濃的煙燻妝見人。

然而，她整個人變化如此之大，曾經和周鈺扉要好的人必然會發現。因此，她刻意和那些朋友疏遠，並且毫不猶豫的和江衛君分手。誰知道，江衛君卻糾纏不休，於是她編造出「暴力情人」這個大帽子，套在江衛君頭上，逼得他必須遠離。

對於推不開的閨蜜楊凱莉，她抓準了楊凱莉最在意的事情——Frank。刻意製造自己和Frank偷情的假象，好讓兩人的閨蜜之情破裂。

這樣一來，本來熟悉周鈺扉的人，都遠離了她身旁。時間一久，越加沒人能看出破綻。

周鈺扉的爸爸長年在海外，雖然寵愛她，彼此互動卻少。繼母黃筱怡更不用說，兩人間的不合是眾人有目共睹，只要裝做不理不睬，也就可以了。

段仕鴻目光掃過地面上的泥巴——管家生前拜訪的地方，很可能就是這裡。難道，他就是在這裡發現了真相，急忙趕回周家報告，卻沒發覺自己早就被下了藥？

這個看起來弱不禁風的老人，竟有如此狠心。他用愚弱讓人放下戒心，進而踩進了他的陷阱。

就在此時，「咚」一聲巨響，一個鈍器擊中段仕鴻的後腦勺。他腦中一陣暈眩，搖搖晃晃的轉過身——

老人站在身後，舉著鐵鏟，表情猙獰。

段仕鴻嘴角抽動了一下，腦中一片空白，昏了過去。

*

周家宅邸敞開了大門，一台黑色賓士車呼嘯而出。兩旁守候已久的媒體爭相向前，擋住了去路，麥克風如海浪湧向車窗玻璃。

黃筱怡倚在二樓窗邊，望著丈夫離去的身影，眉頭緊鎖。她手上抓著一張撕下來的日記紙，紙上貼了一張立可拍。儘管照片泛滿黃斑，仍可看出上頭兩個女孩的模樣。

兩個女孩年紀相仿，有著相似的穿著，棕皮外套配上窄版短裙，就連臉上的妝，也幾乎一模一樣。乍看之下，就像一對雙胞胎。

然而，不一樣的是，左邊的女孩手腕上戴著名牌錶，耳朵上掛著閃閃發亮的粉鑽耳環，相對於右邊的女孩，則戴著廉價的夜市錶和仿冒的水晶環。細看之下，高下立分。

日記裡，整齊的字跡寫著：「今天隔壁的妹妹來找我，說她故意cosplay成我的模樣。我看了一眼，媽呀，根本山寨版。以後我要翹家出去玩，就有人可以當我分身了，哈哈。只是不知道她會不會吃不慣鮑魚龍蝦，一定要管家端吃剩的餿水出來啊。」

黃筱怡低頭望了照片一眼，來回踱步。猶豫了半晌，她深吸一口氣，將日記紙緊緊抓在手掌心，走向周鈺扉的房門。

她屏住呼吸，伸手敲了敲門。

「幹嘛？」裡頭傳來周鈺扉的聲音。

「是我，媽媽。」黃筱怡說。

隔了一陣子，裡頭毫無回應。黃筱怡逕自轉開了門。周鈺扉正坐在化妝桌前，替自己畫上更深邃的眼線。房間裡瀰漫著清甜的玫瑰香水味。

桌邊擺著一杯熱茶。盛著茶水的杯子，正是那一個印著海邊風景的馬克杯對杯。

周鈺扉看見她進來，皺起眉頭，說：「不是說好要讓我多休息的嗎？爸爸前腳才剛出門，你後腳就來煩我了。」

「我有事要問你。」黃筱怡說。

「什麼事？」周鈺扉說。

「你……你……」

察覺到黃筱怡的異樣，周鈺扉停下手上動作，轉過頭來，說：「什麼？」

「你是誰？」黃筱怡的嘴唇有些顫抖。

周鈺扉一愣，說：「你在說什麼？」

「我說……你到底是誰？」黃筱怡說。

周鈺扉望著黃筱怡，不發一語，視線轉移到黃筱怡手上那張日記紙。她冷笑一聲，撫摸著馬克杯，說：「你知道了什麼？」

「你……你殺了她？」黃筱怡說。

周鈺扉大笑出聲，說：「真好笑，一個殺人兇手在這裡質問別人有沒有殺人？」

「你……你說誰是殺人兇手？」黃筱怡說。

「當年，我媽媽怎麼死的？」周鈺扉說。

黃筱怡眨眨眼，說：「這事大家都知道。她對花生過敏，不小心吃到含有花生油的餅乾。她死的時候，我還在超市買菜呢！」

「是的，你記得真清楚。我幫你簡單整理一下，這個故事，就是一個粗心的女傭『不小心』買了摻有花生的餅乾，害死了女主人後，剛好取代了女主人的位置。」周鈺扉說。

「人生未來的發展，誰也無法預料。」黃筱怡說。

「無法嗎？」周鈺扉站起身來，細長的手指拂過身旁的床墊，說：「告訴我，你取代了她，躺著她睡過的大床，穿著她穿過的每一件名牌，戴過的每一個珠寶。那是什麼感覺？」

黃筱怡臉色蒼白，緊閉嘴巴，沒有說話。

「感覺很好吧。你跟她都是一樣的，憑什麼她卻享有這一切，而你只能眼巴巴望著。她嘲笑你，歧視你，當你是個垃圾，只因為她坐在比較高的位置上。」周鈺扉說：「你取代了她，你成為了她，然後發現……原來她只是幸運。只要能坐在這個位置，誰都能一樣好。」

「你殺了她，只是因為你嫉妒她？」黃筱怡說。

「這句話應該由我來說，你殺了她，只因為你嫉妒她。你自認為比她美，比她能幹，比她還得爸爸歡心，因此比她有資格成為夫人。」周鈺扉說：「誰知道啊誰知道，爸爸就算三天兩頭跟你偷情，卻還是堅持不離婚。你急了，用盡手段要讓她發現。最後她終於發現了，卻什麼也沒做，甚至還體恤你母親過世，發一筆慰問金給你。」

「閉嘴，別說了。」黃筱怡說。

「你拿了錢，心裡五味雜陳。失神在路上閒晃，終於了解到你永遠無法打敗她。剛好這時候，有個小女孩搖著推車過來，她說她的餅乾是用花生油去炸的，特別香脆順口，大人小孩都愛吃。」周鈺扉說。

黃筱怡搖頭說：「胡說，我根本沒遇到什麼小女孩。」

「沒有嗎？」周鈺扉說：「那女孩穿著黃色花襯衫，頭上綁著藍色帽巾，腳上還穿著被你鄙視的破步鞋──那雙是有點舊了，鞋頭都開口笑，露出裡面塞滿泥沙的腳趾頭。」

「你……你……那女孩……」黃筱怡雙頰蒼白，張大了嘴巴。

「隔了這麼久，你終於認出來了。那幾塊餅乾，我可烤了好久。」周鈺扉說。

剎那間，黃筱怡全身如被電擊，僵在原地，一句話都說不出來。

「怎麼？不說謝謝？」周鈺扉說。

「你為什麼……要這麼做？」黃筱怡說。

「你應該是要問，我為什麼要幫你吧？」周鈺扉說。

「你到底想得到什麼？」黃筱怡說。

「我想要的，跟你一樣。我從你的眼神裡就看出來了。是的，我們都想要成為另一個人，得到她享有的一切，擁有她要什麼有什麼的人生。」

「但是，白夫人……白夫人跟你有什麼關係？」黃筱怡搖搖頭，說：「你不懂，在那之後，我有多後悔。」

「喔，別演了，看了多假惺惺。你享受得很，住在大豪宅裡，過著少奶奶的生活，身邊圍繞一群馬屁精，整天把你捧上天去。你還有什麼不滿足？」周鈺扉說。

「還有什麼不滿足？」黃筱怡說：「我老公愛的不是我，是偷情的快感。他娶我，只是因為我很會照顧他的女兒，而他需要一個人照顧他的女兒。我從一個平凡的女傭，變成另一個穿金戴銀的女傭。連蜜月旅行都沒有，他就找上了新的女人——那個被我趕走的儀恬，下一個是瑜蘋，然後，我突然明白了，我根本沒辦法阻止他，他就是這樣。那一刻，我終於懂了，為什麼當年白夫人發現以後，反而對我更好。只因為，她沒辦法阻止她老公，所以，她把最不可能真正吸引老公的女人留下來。哈哈，哈哈。」

「看吧，要不是我推了你一把，你到現在還只是她手上的一顆棋子。」周鈺扉說。

黃筱怡臉色漲紅，說：「胡說八道，這根本不是我想要的生活。你到底為什麼要這麼做？」

「因為扉兒媽媽對她太好了！只有她媽媽被換掉，我才有可能取代扉兒的位置。我觀察了好久好久，喔，感謝扉兒的大嘴巴，什麼事都要在網路上報告，讓我發現了她媽媽對花生嚴重過敏這件事。於是我等呀等，每天在後院用望遠鏡觀察你們……」周鈺扉輕笑一聲，說：「你不知道，豪宅裡好大，大得容得下好多祕密。那時爸爸除了你，還有另一個女傭，都是我的人選。後來我選了你，因為你的眼神裡，含著更多的好勝和不甘心。」

「你……」

「果然我的選擇是對的。時間一久，你就開始不安分了。我看你把耳環塞在爸爸的公事包，還把自己的內褲藏在爸爸的抽屜裡。白夫人終於看不下去，叫你過來對質。你站得挺挺的，下巴抬得老高，想把白夫人氣走，想不到，她卻一臉慈祥的安慰你，還塞給你一包錢。」周鈺扉說：「我就是在那個時候，推著餅乾走出大門。」

「你餅乾早就準備好了？你怎麼知道這件事什麼時候會發生？」黃筱怡說。

「我不知道。」周鈺扉手指輕敲桌面，說：「所以我每兩個禮拜做一次餅乾，沒有用到就自己吃掉。等了大概一年，就為了那一刻。」

一股寒意竄上黃筱怡的後頸，她忍不住打了個哆嗦，說：「你做了一年餅乾，就為了那一刻？」

「是的，機會是留給準備好的人。而我，一直都準備好了。」周鈺扉說。

「也就是說……扉兒的死，也早就在你計畫中？」黃筱怡說。

「不，別這麼說。我只是幫她過她的人生，幫她撐起『扉兒』這個角色。她太奢侈了，明明已經擁有這麼完美的人生，卻一天到晚抱怨個不停，根本不懂得珍惜。我在證明給她看，如果今天換成了我，我是過得多麼精彩。」周鈺扉說。

「你瘋了，你根本瘋了。」黃筱怡說。

「我沒瘋，我只是比別人更懂得去爭取自己想要的東西。」周鈺扉說。

「管家……也是你下的手吧？」黃筱怡說。

「該怎麼說呢？他知道的太多了。」周鈺扉瞥了黃筱怡一眼。

黃筱怡立刻後退一步，手臂擋在胸前，說：「你別過來。我……已經寫好了遺書，如果你殺了我，他們會立刻知道你的身分。」

「不，你沒寫，你沒那麼聰明。」周鈺扉豁然站起，往她走去。

黃筱怡大驚失色，踉蹌後退，不小心腳踝一拐，跌坐在走廊上。下一秒，周鈺扉已來到她身前，迅速伸出了右手。

黃筱怡雙手遮住額頭，大叫：「不要殺我！不要殺我！」隔了一會，面前毫無動靜，她悄悄睜開眼睛，透過指縫間的空隙向外望去。

周鈺扉正凝視著她，對她伸出右手，敞開掌心。

「媽媽，你太激動了，才會沒想清楚。我說過了，你和我都一樣，我們是同樣的人，偷了別人的人生，冠上自己的名字。」周鈺扉說：「以前你不了解我，現在你了解我了。你知道我要的，只是安安穩穩的生活。我們相安無事好幾年了，我為什麼要殺你？」

「你……你說的對。我們相安無事好幾年了，一直都很好。」黃筱怡說。

「如果你說了——」

「我不會說，我絕對不會說。」黃筱怡立刻回答。

「我只是提醒你，你現在的身分都是靠我才維持住的。如果你說了，你也會失去擁有的一切。你想想，爸爸會怪你沒照顧好他唯一的女兒，甚至懷疑你和我同夥，你的人生都會化為烏有。」周鈺扉盯著她的眼睛，說：「從現在開始，你的人生目標就是好好保全我。只有我完整了，你才能完好。」

＊

段仕鴻倒在地上，在一片昏暗中睜開眼睛，煙霧嗆得他咳嗽不止。他扭動身軀，試圖坐起身來，才發現自己的手腳都被繩索捆綁著。

發生什麼事？他怎麼會在這裡？他手腳扭動，用力掙扎……然後，他想起來了——那具屍體。他看到了真正周鈺扉的屍體，然後被老人從背後攻擊。

他的後腦勺隱隱作痛，手臂和小腿上都是擦傷，看來是被老人一路拖行過來的。

不，那不是什麼老人，那是個隱藏多年的殺人兇手！當年的周鈺扉、被下毒的管家，甚至琬如身上的傷，都跟他脫不了關係。

他必須立刻逃離這裡！

他努力瞇起眼睛，看見爐灶裡的火焰燒得正旺，濃濃的黑煙瀰漫著整個空間。這裡應該就是剛剛經過的廚房，老人的房間在朝內的方向，也就是說，大門就在靠近腳的那側。

就在此時，一個沙啞的聲音從頭頂傳來：「你終於醒來了啊。」

第十四章—真相的真相

老人拎著麻布袋，肩上揹著兩捆木柴，拄著拐杖，往爐灶一步步走來。他的臉上沾滿黑污，瘦骨嶙峋的手背上都是泥沙，看來剛剛從庭院回來。

他瞥了段仕鴻一眼，目光停留在段仕鴻腳上的繩索，然後轉過頭去，在早已燒得旺盛的火焰裡，丟入更多的木柴。

儘管只是一剎那的事情，但那片刻間眼神的佇留，已足以讓段仕鴻注意到——老人對他充滿戒備。看著老人蹣跚的步伐，段仕鴻意識到他的機會隨時都在眼前。

老人知道自己無法對抗他，才使出偷襲這招，更必須確保繩索夠堅固，否則段仕鴻隨時都有反擊的可能。

黑煙越來越濃，燒焦的氣味融入高溫的濃煙裡，刺痛段仕鴻的眼睛。他淚水直流，不禁懷疑老人想燻死他。

老人打開袋子，裡頭的照片傾倒而出，灑落地面，都是剛剛掛在房間裡的照片。他一張張撿起，輕輕撫摸，然後一張張丟進火焰裡，望著它燃燒成灰燼。

「一直都是你，對吧？」段仕鴻開口。他需要說些什麼話，好轉移老人的注意力，來遮掩他奮力扭動的手腕。

老人不答，炙熱的空氣如一堵牆，阻擋在兩人之間。

「三年前發生的不是意外，是你們對扉兒痛下毒手。」段仕鴻說：「你跟我說的故事，是顛倒過來的。故事裡的那個壞人，不是別人，是你自己。不，應該說——是你們爺孫倆。」

老人望著照片，擰起嘴角，說：「她從小就是這樣，遺傳到她媽媽的拗脾氣。想要的東西沒拿到手，絕不善罷甘休。」老人的手指滑過照片，照片裡一個小女孩高舉著手上的洋娃娃，笑起來剛好缺了兩顆大門牙，「她五歲生日那年，一直吵著要一個洋娃娃。最後沒有得到，她就把表姐的娃娃丟進餿水桶，把表姐惹得哇哇大叫，兩人大打一架。最後，表姐遮著被扯掉半邊的瀏海，哭著跑回家。她阿姨氣壞了，跑過來找她媽媽理論，她媽媽當著阿姨和表姐的面，拿起鞭子痛打她一頓。她全身上下都是紅色鞭痕，卻半滴眼淚都沒掉，等她們走了，她才從餿水桶拉起洋娃娃，笑著抱在懷裡，說：『這下我可有洋娃娃了。』」老人無奈的搖搖頭，笑了一聲，說：「你瞧，她可真聰明的。」

「周鈺扉可不是什麼洋娃娃，那是一個人，一條生命！」段仕鴻說。

老人沈寂了半晌，長嘆一口氣，說：「這麼多年了，一直都過得好好的。那女孩死了，也沒有人傷心在意。你又為什麼一定要把往事重新挖出來呢？」

「因為你們謀殺了一個女孩！」段仕鴻說：「這麼多年了，你就沒有一點不安、一點愧疚，不曾在半夜睡不著過嗎？」

「愧疚？」老人哈哈大笑，說：「如果你知道那女孩是什麼德性，你就不會這麼說了。菲菲曾經那麼崇拜她，把她當神膜拜，逢年過節就親手做餅乾和小禮物給她。你知道她是怎麼對待菲菲的嗎？她把她送的餅乾直接丟進垃圾桶，在朋友面前拆開禮物，當著菲菲的面嘲笑她，笑她的禮物廉價，笑她的卡片愚蠢。」老人皺起眉頭，說：「但是，就算這樣被嘲笑著，菲菲還是瘋狂的對扉兒著迷。她每天躲在後院裡，用望遠鏡看著她們家的一舉一動，我看了都心酸。我跟她說，不管她想怎麼做，我都會支持她，只要她快樂。就在那個時候，她告訴我，她不想再模仿扉兒了，她想成為扉兒。」

「那甚至不是衝動殺人？」段仕鴻說：「扉兒的死，早就在你們計畫之中？」

「她的死，我們計畫了五年。終於在那一天，水到渠成，菲菲完成了夢想。」老人說。

段仕鴻對兩人的執念瞠目結舌。究竟是怎樣的喪心病狂，才會這般步步為營，計畫殺了一個人？當年的周鈺扉，是否曾經注意到窗外偷窺的目光，是否知道自己早已成為獵物，身陷死亡陷阱之中？

「但是你們……怎麼知道她會到後院抽菸？」段仕鴻說。

「不是知道，是精心的安排。周鈺扉早就有菸癮，只是礙於家裡關係，不能在家抽菸。於是，菲菲就在那天早上，寄了一盒她抽慣的菸給她。對那樣的癮君子，一盒菸是多大的誘惑。」老人說：「為了確保她到時候只會一個人出現，我們寄了一張她和別人上床的照片給江衛君。效果好極了，看得出來江衛君氣瘋了，那天晚上，他們一句話都沒說。」

「照片？你們哪來的照片？」段仕鴻說。

老人說：「我們有望遠鏡二十四小時監視，和照相機隨時待命。以她愛玩的個性，要找到一張和別人上床的照片，根本不是什麼難事。」

「所以，你們從壞掉的牆壁鑽進後院，在那裡埋伏等著她？」段仕鴻說。

老人笑了起來，露出一排稀稀落落的牙齒，說：「那可真是個漫長的夜晚。我們躲在樹叢後，等了又等，等了又等。蚊子飛來飛去，螞蟻都爬到鞋子上，終於她推開後門，走了出來。」他的臉頰映著火光，因興奮而潮紅，「那一刻，我的心臟砰砰狂跳，既興奮又失落。興奮的是，為了那一刻，我們等了多久，菲菲終於要完成她的夢想。失落的是，從此之後，我再也沒辦法每天看到菲菲的笑容。但是，我知道，為了她更好的生活，我必須成全她。」

段仕鴻說：「那不是成全，那是推她走向地獄。」

但老人沒聽見，他的眼神混濁迷濛，沈浸在回憶裡。對他而言，每個關於孫女的記憶，都是那麼的清晰，那麼的珍貴。「菲菲趁她轉過身時，跳出草叢，拿酒瓶打暈了她。我們把她搬上回收車，回到我們後院。就在倉庫前，我們用枕頭悶死了她，確定她再也沒有呼吸後，菲菲剝下她的衣服穿在身上。」老人頓了一下，說：「她抱著我，跟我告別，也從此跟菲菲告別。她說，她很抱歉，以後沒辦法陪在我身邊照顧我，但我永遠都是她的爺爺。我告訴她，只要她活得開心，我就滿足了，我就滿足了……」

「她沒有哭，轉過身去，但拿酒瓶的手在顫抖。我知道她很害怕，她將要在自己臉上畫出一道道血痕，還要面臨未知的結果。那一刻，我很想叫她不要走，只要她一回頭，我就會拉住她的手，叫她不要離開，我們一起逃離這裡，重新開始。但是，她始終沒有回頭。」老人說。

「她走了，去了周鈺扉的房間，用破酒瓶把自己毀容，好讓別人第一時間認不出來。更可以順勢整形，把自己整得更像周鈺扉。」段仕鴻說。

「你能想像那會有多痛嗎？」老人眼眶紅了，「就算她很能忍耐，就算她預先吃了止痛藥，但那一刀刀刮開皮膚的痛楚，她弱小的身子又怎麼承受得起？」

「那琬如呢？在你們一刀刀傷害她的時候，可曾想過，她弱小的身子又怎麼承受得起？」段仕鴻大聲說。

老人嘴角抽動了一下，似乎想說些什麼，隔了一會，又繼續埋頭望著照片。空氣裡只剩下柴火燒得劈啪作響的聲音，段仕鴻感覺呼吸越來越困難，望著老人的視線開始有些模糊。

段仕鴻臉色漲紅，不知道是因為憤怒，還是越漸升高的溫度。他的手腕皮膚被刮得陣陣刺痛，但他毫不放棄。只差一點點了，再堅持一下，他就能把眼前這混蛋繩之以法。

「管家也是你下的毒手吧？」段仕鴻說。

老人冷哼了一聲，說：「那男人跟你一樣多管閒事。他的死，是自找的。他如果不要闖進別人家，亂翻那該死的日記，他今天還會活著。」

段仕鴻想起第一次夜探周家時，管家是在他後面闖進來的，那時他只得躲進衣櫃裡。難道在那個時候，老人的目光就已盯上他們兩人？

段仕鴻的視線轉向橫擺在地上的拐杖，那是紅木製成，底端呈現圓形。「那是你的拐杖痕跡？」

「什麼痕跡？」老人說。

「第一個闖進周家的人，是你。」段仕鴻說：「我想，你是為了拿扉兒的舊衣服，好讓她在這裡住一段時間吧。」

老人咳了幾聲，說：「菲菲回來那天，跟我說她差點被她的牙醫師識破。我就在想，那是什麼人。隔天，居然在附近看到了你，那一刻，我就知道，一定要好好處理這個麻煩。於是菲菲拍了照片，傳給警方，雖然引起你一點麻煩，卻還是拖不住你的腳步。你東打探西打探，繞著扉兒的過往問個不停，簡直像隻煩死人的蒼蠅。那管家之所以會來這裡，還不是因為你的一番話。」

「什麼話？」段仕鴻說。

「你說，三年前有人盜用扉兒的健保卡。他幾年前就一直覺得扉兒很奇怪，聽到你那番話，更加深了懷疑，於是回到舊家去尋找線索。」老人說：「他打開了那個菲菲一直打不開的抽屜，找到那本菲菲從不知道的日記本，然後……就發現了。」

「只怕他踏進這裡的時候，你早就準備好毒藥等著他了吧？」段仕鴻說。

「你錯了。當他坐在對面，開始興師問罪的時候，我簡直慌了手腳。幸虧菲菲機靈，趁我拖住他的時機，繞到他的車上，在他慣用的水壺裡投下老鼠藥。一直到他離開了，我們都還戰戰兢兢。還好沒過多久，從新聞上看到他的死訊。」老人說著鬆了一口氣。

「你們為了自己的利益，不惜殺了這麼多人，簡直讓人噁心。」就在此時，段仕鴻手腕上的繩結抖了一下，終於開始有些鬆脫。

「人不為己，天誅地滅。我若放了他，他就會毀滅我。正如我現在若放了你，你會毀了扉兒的人生。」老人說。

「那不是她的人生，那是她偷來的人生。」段仕鴻雙手一抖，繩子應聲而斷，「那麼殺了那些孕婦又是為了什麼？只為了陷害錢俞富？傷害琬如又是為了什麼？告訴我，是為了什麼？」他迅速坐起，伸手去解腳上的繩索。

「不，不不不——」老人大驚失色，右手在地上亂摸，抓著拐杖站起身來。他快步走向後方的門，將兩側堆積的雜物往地上拉倒。一時間，「乒乒乓乓」之聲大作，東西傾斜歪倒，擋住了門口。

「你幹什麼？這樣我們兩個都會困在這裡！」段仕鴻說。

「不，是我們兩個都會死在這裡。」老人右腳一踢，一桶油桶倒在地上，滾了兩圈，往爐灶的地方而去。

段仕鴻抽掉腳踝上的繩子，奔向油桶——但遲了一步，只聽見「碰」一聲，剎那間火焰暴漲，滿地蔓延，四周陷入熊熊火海。

溫度直線上升，濃濃黑煙竄出，爬滿整個廚房。段仕鴻撕下衣袖，壓在口鼻上，往前門方向摸索。

「殺了你，我會被抓起來，連累菲菲。不殺你，我會被抓起來，連累菲菲。想來想去，只有陪你死了，這祕密才能埋葬了。也……咳咳……也不知道菲菲會不會想我。」老人說著咳嗽不止。

段仕鴻緊閉嘴巴，保留著最後一絲氣力。他的眼前一片黑霧，濃煙隨著呼吸進入肺部，讓他嗆咳了幾聲。他不能死在這裡，琬如還等著他回去。

他絕對不能再讓她失望。

他憑著記憶往前門走去，跨過了一團火，雙手亂伸，忽然碰到一個圓形的硬物——是門把。

他呼吸加速，用力轉開。然而，門不知道何時被上了鎖，無法推開。

段仕鴻汗如雨下，心臟狂跳不止。第一次，他覺得會死在這裡。他咬破嘴唇，逼自己冷靜下來。思考，段仕鴻，你可以的，想想該怎麼做。

這扇門只是個木門，年久失修，可以把它破壞掉。他舉起右腳，奮力踹門，一連十幾下，木門漸漸扭曲變形，門下方被踹出一個凹洞。

他蹲了下來，右手伸進洞裡，手指往上勾到門鎖的位置。還差一點點，他就能轉開鎖。他將整隻手臂擠進洞裡，破碎的木條插進他的肌膚，滲出涔涔鮮血。

下一刻，門鎖發出「咖」一聲，有如天籟的救命鈴聲。

他毫不猶豫，推開了門——

然而，門竟然卡住了。

從微開的門縫裡，可以瞥見門後方堵著方才看見的供桌。神像橫倒在桌面，綠色的眼睛從門縫直直盯視著他。

一股寒意爬上他的後頸，他霎時全身起了雞皮疙瘩。他用力撞門，然而，卻怎麼都推不動後方的供桌。

天花板的木頭開始坍塌墜落，火焰已經逼近他腳邊。他的喉嚨刺痛，胸口發疼，意識開始模糊。

他沒有時間了。

他咬緊牙關，從門縫抓過神像，往門下方的破洞猛砸。那神像是青銅打造，一下下孔武有力，才幾秒之間，門下就被破壞出一個大洞。

他彎下腰，正要鑽過，就在此時，一隻手握住了他的小腿。他回頭一看，老人趴在地上，往他緩緩爬了過來。

老人的臉頰半邊燒傷，深可見骨，看起來血肉模糊。他兩隻腳更是整片焦黑，早已不能走路，所以一路爬行過來。

就算他是心狠手辣的殺人犯，見他如此慘況，段仕鴻還是難抵過惻隱之心。

「我會救你。你先讓我出去，我再拉你出來。」段仕鴻說。

「不……」老人氣若游絲，說：「你不能走。」

段仕鴻頓時一陣反胃。在這樣痛苦的時刻，居然還想著怎麼傷害別人。他踢開老人的手，又要往洞鑽去。

然而，下一刻老人吐出的話語，卻讓他停下了腳步——

「孕婦殺手……另有其人。」

「你說什麼？」段仕鴻瞪大眼睛，回過頭。一道懸樑墜落，直直落在老人背脊上，老人發出一聲微弱的哀嚎。段仕鴻別過頭去，承受不了眼前這一幕。他已無能為力。

「是誰？」段仕鴻聽見自己聲音裡的顫抖。

「我……不知道，我不……知道。」老人說。

又一道橫梁砸落，這一次差點砸在段仕鴻頭上。他即時躲過，卻看見老人眼裡閃過一絲惋惜。

他赫然明白，老人說這些話是為了拖延他的時間，好讓他困在廚房裡，跟著整個屋子一起被壓垮——就算生命已經到了盡頭，還是要拉人陪葬。

段仕鴻轉過身去，這一次再不猶豫，往洞口爬去。

「你不能……走……」老人說。

段仕鴻毫不理會，火焰蔓延到門邊，他身後瞬間陷入一片火海。

「告訴菲菲……我……愛……她。」老人的聲音隱沒在大火之後。

*

段仕鴻手腳並用，從供桌下奮力爬出。他的臉蛋一片漆黑，全身上下沾滿灰黑色的髒污，衣服因為高溫而片片剝落。他衝出大廳，踢開半脫落的大門，直到看到蔚藍色的天空，他才如獲新生，拿下遮住口鼻的破布，倒在泥土地上，大口喘氣。

他從來不知道，能吸進這麼一口新鮮的空氣，竟是如此奢侈的幸福。也從來不知道，空氣的味道竟是這麼的香甜。

他的胸口隱隱作痛，喉嚨乾涸不已。身後忽傳來「轟隆隆」的倒落聲，本來廚房的地方坍塌陷落，連帶大廳都跟著傾倒，濃煙四起，直通天際。

段仕鴻扶著回收車，掙扎站起，隱隱約約聽見人聲往這裡靠近。他的思緒隨著漫天火光蕩漾，按著胸口，久久不能自已。

遠遠傳來「失火了！失火了！」的呼喊聲，段仕鴻手扶額頭，跌跌撞撞穿過中庭，走向後門。他滿懷愧疚，因為他的錯誤，才讓一個無辜的人深陷監牢。那不是當年李山河事件的重演嗎？

只是這次，他成了罪魁禍首。他先入為主，認定兇手一定是強壯的人，他輕信他人，卻沒發現自己早就成了別人手上的棋子。他太自大，未曾懷疑過自己，他太想證明自己，而堅持單打獨鬥。他的種種錯誤，造就了今天更大的錯誤。

可以肯定的是，老人和假扉兒殺了真正的周鈺扉，對管家下毒藥，然後嫁禍給錢俞富。至於原因，也許就如假扉兒在記者會上說的，她一直都是見不得光的情婦，只不過……兩人是你情我願。一直到女方懷孕了，男方要求墮胎，女方不願放手，最後，女方決定玉石俱焚。

然而，有一件事一直在段仕鴻心頭揮之不去：傷害琬如的人，究竟是誰？老人最後那句「孕婦殺手……另有其人。」究竟有幾分真實？人家說「人之將死，其言也善」，但是，老人卻到最後一刻都想拉他陪葬。

如果說老人是孕婦殺手，以他的體力，又怎麼能追上琬如的腳步？但若不是他，那是誰陷害了錢俞富，是誰塞紙條在琬如手中？又是誰埋兇器在議員辦公處的花圃裡？

假設是假扉兒，以她那天被警察發現時的虛弱模樣，也不太可能。謝英曾告訴他，假扉兒身體嚴重脫水，至少已經被囚禁一個禮拜以上。也是因為她身體的狀況，讓警方從來沒有懷疑過她的說詞——就算錢俞富再怎麼否認或抗議。

所以，假扉兒的身體虛弱是事實，琬如是在她出現的兩天前被攻擊。算算時間，那時的她應該沒有這樣的體力能夠傷害琬如。

那會是誰？那到底是誰？段仕鴻閉上眼睛，仔細回想，他一定從什麼時候開始就弄錯了，也許他誤聽了誰的話，也許他誤以為看到什麼。但可以確定的是，孕婦兇手一定就在他身邊，才會專挑琬如下手。

兇手一定知道假扉兒想嫁禍錢俞富的事，才會順水推舟，一併嫁禍給他。但是，這件事如此機密，應該只有假扉兒和老人知道，兇手是如何發現的？

就在那電光石火的一刻，段仕鴻斗然睜大眼睛，身子微微一顫——

原來，他從一開始就錯了。從那一句話開始，他一直以為周鈺扉是受害者。

腦中霎時浮現一張天真無邪的臉龐，那個十五歲的小男孩走進他的診間，用稚嫩的口氣說著「我不怕血，也不怕痛。我比很多大人都還勇敢。」

他還記得，小男孩叫做吳彥，因為有顆小臼齒殘根需拔除，要請爸爸陪同看診。那天的對話清晰的在腦海重複播放。

「那麼……你那天最後有看到一個女生跑出去嗎？」

「有啊，醫師叔叔，你怎麼什麼都知道？你說的，是穿著紅色衣服、黃色裙子的那個姐姐嗎？」男孩說。

「對，就是她。你有看到她最後往哪個方向走嗎？」

「她沒有走。」男孩說。

「什麼意思？」段仕鴻說。

「有台紅色的車在我面前停下來，車門打開，她叫了一聲，然後她就不見了。」

想到這裡，段仕鴻倒抽一口氣。就是從這句話開始，讓他踏入孕婦殺手佈好的局，讓他對扉兒是受害者深信不疑，讓他不斷追尋著紅色車子的線索。

然而，他卻到現在才發現，這句話從頭到尾都是謊言。

也許男孩看見的，是扉兒氣沖沖的從紅色車子下車。他意外發現一樁地下戀情，又目睹扉兒自行走進偏僻的小木屋裡，吃下墮胎藥，於是想出嫁禍之計，順水推舟將所有的罪嫌都推給錢俞富。

段仕鴻想起男孩離開診間時說過一句話：「前幾天我一直在門外溜達，等到你們關門了都不敢進來，早知道我就不怕啦。」

也許早在那個時候，男孩那暗藏殺意的雙眼就盯上了琬如。他每天在牙醫診所外溜達，不是為了牙痛，而是為了等待琬如的落單。

琬如曾經說過，她某天回家的時候覺得被跟蹤，但是轉頭都沒有看到人，有一次以為看見了，結果只是一個小男孩在撿葉子——在她提起的那一刻，段仕鴻從來沒想過，那小男孩的確就是在跟蹤她，因為，他就是孕婦殺手。

琬如後來會前往議員家附近，只怕是被小男孩騙了。也許他騙說自己迷了路，以琬如心軟的個性，一定會好心的帶他回家。只是越走越偏僻，引起了琬如的懷疑，她轉頭逃跑，卻跑不過那殘忍的攻擊，一刀一刀奪走小櫻桃無辜的生命。

段仕鴻握起拳頭，咬緊牙關。孕婦殺手，打從一開始的目標就是琬如。而琬如，是目前唯一看過他真面目的人。

剎那間，腦中一道閃電劈過，段仕鴻瞪大眼睛，全身僵硬的站在原地。也就是說，琬如是他目前最大的威脅。而守在琬如病房前的警察，在錢俞富被羈押後就撤守了。

下一秒，段仕鴻用盡全力，奔跑了起來。

第十五章—救贖

今天，一切都會結束。

吳彥躡手躡腳爬過爸爸熟睡的側臉，回頭望了一眼，那張滿是鬍子的臉龐依舊令人厭惡，嘴角垂下的口水還帶著酒味。

他下意識的撫摸左手手腕上的紅腫。昨天爸爸又賭輸了錢，拿起藤條打了他一頓。

不過，沒關係，從今天以後，他就能離開這恨透的生活，去過自己一個人的日子。

只要他把這一切都結束了。

他拉開衣櫃最底層的抽屜，將爸爸凌亂破舊的衣服往旁邊撥開，然後拉出一雙沾滿乾掉血跡的白手套。

他能說什麼，每次看到那些孕婦們期待又幸福的模樣，就有一股怒氣從胸口炸開，無法抑制想砍人的衝動。憑什麼那些小孩能夠享有這樣的幸福，而他只能被丟棄在角落，像個沒人要的垃圾？每當看到那些女人捧著肚子，幸福的笑著，小心翼翼的保護著寶寶，怕摔著、怕傷著，彷彿那是天底下最珍貴的東西，簡直愚蠢到可笑。

她們不知道，在小孩真的出生之後，她們就會開始嫌棄那麻煩的東西，開始後悔生下他，恨不得將小孩掐死。每天「骯髒東西」、「小王八蛋」、「小廢物」的叫他，抱怨他毀了自己本來多麼美好的生活，抱怨他像個寄生蟲吃了自己多少的米飯，抱怨他沒有人家小孩那麼的優秀……

如果這麼痛苦，為什麼要把小孩生下來？懷孕就是悲慘人生的開始，偏偏有那麼多白痴的女人，以為小孩是老天爺降下的禮物？

想到這裡，吳彥嘴角上揚，冷笑一聲。他提早結束了她們的悲劇人生，也算是一件了不起的事了。

他走到牆角，將早已變形的木板地板掀起一角，露出底下的方形空間，然後撫摸手套上的血跡，閉上眼睛，深吸一口氣，感受最後一次的血腥味。

他幹了這件大事，本來要用來陷害爸爸，不過現在不用了，已經有了更完美的代罪羔羊。他在這個城市已經完成了任務，他要跟這雙手套說再見，在另一個城市重新開始。

這世界上有太多的快要上演的悲劇，等待著他的拯救。

而現在，他要去告別唯一一個知道他真面目的人——那個愚蠢的女人。

他不過是掉了幾滴眼淚，說句「我迷路了，求求你帶我回家。」她就好心得跟什麼一樣，還牽起他的手，安慰他說不要害怕，一定會帶他回家。

他才不會害怕，他從來都不會害怕，他比很多大人都還勇敢。

「求求你，殺了我就好，不要傷害我的女兒……」那是她倒在地上時最後的請求，一字一句，好像還迴盪在耳邊。每當重新想起她的臉孔，他就覺得噁心想吐，她怎麼能夠那樣的愛著一個從未見面的人？那樣的愛怎麼可能真的存在？

就算在最後一刻，她還是緊緊抱著肚子，胸口朝地上，不管自己背面向他，全身上下都是破綻，一心一意只想保護懷中的孩子。

那舉動讓他氣瘋了，他用力翻過她的身子，往她的肚子一刀一刀猛刺，直到她失去了意識。也因為當時太生氣了，花了太多時間在她的肚子上，竟然忘記先殺了她。一直到附近腳步聲靠近，已經來不及了，也讓他第一次失手，留下一個知道他真面目的人。

吳彥越想越生氣，豎起眉毛，將手套塞進木板下的空間，然後握拳站起，一步步走向醫院。

他知道她住在哪裡，因為某家新聞媒體曾經突破警察的防線，畫面清晰錄到那病房的房號。

他穿過兩個街區，越過大馬路，摘了幾朵路邊的小花，用地上散落的彩色廣告紙包起。又走了一陣子，終於看見醫院的大門。這裡的人們來去匆匆，沒有任何人停下來注意過他。

救護車的聲音在大馬路上呼嘯而過，他忍不住回頭望了一眼。遠處黑煙沖向天空，不知道又是哪間房子著火了。

他踏上一步，醫院大門自動打開，冷氣拂過臉頰，讓他精神一振。他走向電梯，按了十二樓，然後伸手進外套口袋，再一次確定那支針筒還在。

電梯門打開，面前是一個純白色的病房櫃檯，穿著藍色制服的護理師來來去去。有人在打病歷，有人在講電話，沒有人發現他這個渺小不起眼的存在。

他數著號碼，穿過一整排的房門，終於來到門牌「一二二四」前面。他回頭看了一眼，確定沒有人發現他，這才悄悄推開了門。

病房裡沒有別人，只有機器聲「嘟——嘟——」穩定的傳來。窗簾拉了一半，擋住微弱的陽光，空間裡瀰漫著一股窒息的氛圍。

床上躺著一個面色蒼白的女人，臉上蓋著氧氣罩，眼睛緊緊閉著，似乎夢到什麼可怕的惡夢。就是這個女人，到最後一刻還在苦苦掙扎，還在求他饒了孩子一命。

「夢到我了嗎？蠢女人。」吳彥瞪著那張熟悉的臉龐，喃喃自語。

他從口袋掏出那支裝滿老鼠藥的針筒，一步一步靠近范琬如，咧嘴笑了起來。

*

天色微陰，烏雲聚散。段仕鴻用盡全力邁開步伐，在小路上狂奔。身後不遠處竄起黑色濃煙，直通天際，消防車的警鈴聲灌滿了耳朵。

段仕鴻開始後悔忘了帶手機，通往醫院的小徑上竟找不到人能夠求救。汗水從頭頂涔涔滑落，沾濕了他的衣衫。

他必需要趕去琬如身旁。現在的她毫無妨備，隨時都暴露在生命危險之中。

他已經失去了小櫻桃，他不能再失去琬如。

他衝過兩個街區，穿越紅燈，差點被迎面而來的汽車撞上。下一秒，「叭——」的喇叭聲直震得耳膜發疼，駕駛搖下車窗，罵了一連串髒話。

段仕鴻揮舞著右手，大聲說：「嘿，停下來，我需要幫忙。我要借——」

話還沒說完，又是長達好幾秒的喇叭聲「叭——」，直接蓋過他接下來的話。然後車頭忽然往前突進一下，差點撞上他的膝蓋。段仕鴻心中一驚，往旁邊跳開，望著車子長揚而去。

他沒時間釐清該有什麼情緒，再度提起腳步，往醫院奔去。路上撞開了兩名路人，嚇到了一個正在玩鈴鐺的小嬰兒，他大聲喊句「對不起」，然後頭也不回的繼續奔跑。

他大口喘氣，感覺胃裡翻騰如絞。已經有多久，沒有這麼害怕過，恐懼爬上他的心頭，他必需緊緊咬著嘴唇，才能抑制唇間的劇烈顫抖。

他對天祈求，如果時光能夠重來，他願意永遠都不要遇見她，只要她平安快樂。

就在此時，那棟高聳的白色建築終於映入眼簾，段仕鴻跨越馬路，筆直往醫院衝去。穿過人群時，不斷有人回頭打量他，他才想起自己剛從火窟爬了出來，全身衣服有多麼破碎，還隨著風一片一片脫落。

不過，那也是他的優勢不是嗎？

他一路往前奔跑，人們側目而視，紛紛閃躲迴避，自動讓開一條通道。他穿越大廳，遠遠看見電梯門即將闔上。

「等我！」他放聲大喊，伸長了手指，終於在最後一刻塞進電梯門縫。

門重新打開，他側身鑽了進去，背倚著電梯牆，按著胸口喘氣，說：「十……十二樓。」

電梯裡的一對夫婦皺起眉頭，瞪了他一眼，自動挪開了一步距離。剩下一名清潔工脫下清潔手套，按下十二樓的按鈕。

「先生，你還好嗎？需要幫助嗎？」清潔工說。

「我趕時間。」段仕鴻說著拉長手臂，取消了八樓和十一樓的電梯。身後頓時傳來那對夫妻不滿的抱怨。

「幫我報警。」段仕鴻說：「一二二四號病房。馬上！」

「叮」一聲，電梯門敞開，段仕鴻拔腿衝了出去。望著那一排整齊的粉紅色病房門，他的心臟砰砰狂跳，快要不能呼吸。

一二一四、一二一五、一二一六……段仕鴻越跑越快，望著門牌呼嘯而過。快、快、快，再快一點，再快一點，就快要到了。

一二二一、一二二二、一二二三……

段仕鴻咬緊牙關，也不停下腳步，扶著牆壁，將身體甩了一個彎，用全身的力氣撞開「一二二四」

號病房門——

裡頭站著一個矮小的人影，是個小男孩。

*

病房裡燈光昏黃，外頭的陽光被窗簾隔絕了大半。吳彥站在床前，轉過頭來，手上的針筒反射著光芒，像是死神的鐮刀，距離范琬如的臉頰不到十公分。

段仕鴻和吳彥兩人四目相交，對峙了一秒鐘，然後吳彥豎起眉頭，舉起針頭往范琬如的脖子戳了下去——

「你媽媽——」段仕鴻大聲說。

剎那間，吳彥的手指僵在空中，針頭就停在范琬如的皮膚表面，往下壓出一點凹陷。

段仕鴻瞪大眼睛，心臟差點就要跳出喉嚨。但是他知道，在這最重要的一刻，他不能慌，他不能露出任何緊張的表情——特別是，愛。

「我媽媽怎樣？」吳彥低著頭說。

「你媽媽……」段仕鴻聽見自己聲音裡的沙啞，「不管你相不相信，你對她而言，都是重要的存在。」

吳彥冷笑一聲，說：「真搞笑，你認識她嗎？你又知道什麼了？」

「我知道，因為……我在你身上，看到她的影子。」段仕鴻說。

吳彥握緊針頭，大聲說：「我身上沒有任何她的影子。」

「你有的，你很聰明、觀察力很強，還有……心思很細膩。」段仕鴻說。

「看來我還不夠細膩，不然你怎麼會找到我？」吳彥說。

段仕鴻悄悄往前挪動了一步，說：「那張紙條，是你塞的吧。」

「喔，你說那個。那本來是個超棒的計畫，想不到卻讓你找到了我。是哪裡錯了？」吳彥說。

「那個錢的符號，多了一條直線。」段仕鴻說。

「啊，原來是這樣。」吳彥說：「想不到，到最後我還是栽在這個女人手裡。」

「她和你無冤無仇，你為什麼要這麼做？」段仕鴻說。

「因為她太令我噁心了。捧著一個大肚子，每天望著肚子傻笑著，像個白痴一樣。」吳彥說。

「你嫉妒我的孩子？」段仕鴻說。

吳彥哈哈大笑，說：「我嫉妒什麼？等到小孩真的出生了，長大了，她就會恨不得把孩子殺死。我嫉妒什麼？」

「因為你媽媽就是這樣對你的，對嗎？」段仕鴻說著，右腳又偷偷往前挪了幾寸。

吳彥不說話，指尖卻微微顫抖。

「你一輩子都在渴求母親的愛，卻一直得不到。所以你嫉妒每個被愛著的孩子——」段仕鴻說。

「放屁，我根本不屑，我恨透了那個女人。那個女人，整天打我罵我，把我當垃圾對待，根本不是我媽媽。」吳彥說。

「每個媽媽都是這樣的。她打你罵你，是希望你變得更好——」

「不要再說那一套鬼話，一點用都沒有。難道她拿打火機燙我，能讓我變更好？難道她把我的頭壓進水桶裡，差點把我淹死，我還要說謝謝？難道她在我們的水裡下毒藥，然後叫我和她一起喝掉，那也是愛我？如果是這樣，我只能說你們大人真的蠢到不行，以為把醜的東西講成美的，然後大家都拍手通過，就會變成真的。如果傷害一個人叫做對他好，那你一定也可以理解，我對那些孕婦有多麼好？」吳彥說著，手上用力，針筒往下扎了幾寸，穿透皮膚，鮮血涔涔流出。

「不！」段仕鴻大叫，往前跨了幾步。

「不要過來！」吳彥大聲說：「不然我就打藥進去了。」

段仕鴻立刻煞住腳步，停在原地，和吳彥只差一個手臂的距離。他張大了嘴，滿臉驚惶，再也無法假裝冷靜。

「吳彥，你說的對，你說的對。我身為一個大人，不應該只是想要掩飾太平。對，你媽媽錯了，她不應該這麼對你，你值得更好的。」段仕鴻說。

「你是說她錯了嗎？」吳彥說。

「她錯了，但是，你不必跟她一樣。你有自己的人生。」段仕鴻說。

「那她為什麼不愛我？為什麼不愛我？」吳彥說。

「也許……她不是故意的。」段仕鴻嘆了一口氣，想起了自己，「我們有時候不是不愛一個人，而是不懂怎麼去愛人。」

「她不是不愛我，而是不懂怎麼愛我……」吳彥喃喃自語。

段仕鴻緩緩往前移動一步，現在他的手指已經能勾到吳彥的肩膀。「我們大人並不完美，我們犯了很多錯，還不懂很多事，對很多事也都很迷惘。我想……她在照顧你的時候，也還有很多事不懂，所以用錯方法，傷害了你。」

吳彥咬著下唇，似乎有些動搖了。

「但不代表你不值得被愛，不代表這世界上就沒有人會愛你。」段仕鴻說：「放下吧，吳彥，現在放下，你還有未來在等你。」

「我沒有未來了，你知道我殺了人，她也知道我殺了人。」吳彥說。

段仕鴻心頭如遭重擊，那個人……也包括小櫻桃。他握緊拳頭，深呼吸，再深呼吸。如果說放下仇恨是唯一的解法，那麼他願意──只要琬如能活下來。

「不，你……你還未成年，只要你自首悔過，法官會……」段仕鴻停頓了一下，說出那句他不想說出口的話：「從輕發落。」

「不……我不要。」吳彥說。

「你不要？」段仕鴻說。

「我不要自首，也不要進監獄。我要你忘記這一切，轉身離開，假裝什麼事都沒發生。」吳彥說。

「我要琬如安全。」段仕鴻說。

吳彥猶豫片刻，收起針頭。段仕鴻輕吐一口氣，如獲大赦。

「我要走了。現在，你退到牆邊，兩隻手放在牆上。」吳彥說。

「我要你離開琬如的床頭，」段仕鴻說：「我們一起移動。」

兩人相互對視，段仕鴻跨出一步，靠近了牆邊。吳彥見狀，也跟著踏出一步，離開床頭。兩人隔著一段距離，緩緩移動，一直到段仕鴻退到牆邊，吳彥也距離病床大約一公尺。

段仕鴻說：「好，現在──」

說時遲，那時快，吳彥迅速一個回身，扯掉范琬如臉上的呼吸器。機器發出「逼逼逼──」的警告聲，迴盪在整個房間裡。

段仕鴻大驚失色，衝到范琬如床前，接住她的呼吸器。吳彥趁這個空隙，已經往門口溜去。

下一秒，「碰」一聲門被撞開——

「不准動！」門口有人大喊：「警察！」

段仕鴻和吳彥同時回頭，停下手上動作。

吳彥右腳一軟，跌倒在地，當再次抬起頭時，臉上已經有了不一樣的表情——他抿著嘴唇，眼淚在眼眶中打轉，全身都在顫抖，一開口便語出驚人。

「警察姐姐，救我！他……他要殺我！」吳彥指著段仕鴻。

「你說什麼？」謝英快步向前，看見靠在病床前的段仕鴻，微微一愣。

「他……他要殺老婆，拔掉呼吸器的時候，被我發現了。他就想殺我滅口。」吳彥說。

段仕鴻額頭冒汗，捧著呼吸器，說：「等等，琬如她的呼吸器……」

「先生，請你退後。」謝英說，聲音裡不帶一絲感情。

「不，先把這個裝回去。」段仕鴻說。

謝英一揮手，一個護理師衝了進來，接過段仕鴻手上的工作。才幾秒鐘的時間，機器又恢復了穩定的聲音。護理師蹲在床邊，替范琬如再次確定生命徵狀。

「說清楚，發生了什麼事？」謝英說。

「我拿花來探望阿姨，」吳彥指著灑落地上的花朵，說：「結果一進來，就看到他……他在拔呼吸器，還說什麼『你不能醒過來』之類的話。我嚇死了，想跑出去，他卻抓住我。還好警察姐姐你來了，不然……不然……」吳彥眨眨眼，淚珠就一滴滴的掉了下來，「我好害怕，好害怕。」

謝英走向吳彥，說：「沒事了，沒事了。」

「不，小心，他才是——」段仕鴻說。

「先生，請你雙手舉高，站到牆邊。」謝英說。

「我？」段仕鴻張大嘴巴，說：「不，謝——」

「先生，讓我看到你的雙手。」謝英說。

「不，你先聽我說，他——」段仕鴻說。

下一秒，謝英從懷中掏出手槍，對著他的胸口，說：「先生，我需要你的配合。」

然後，段仕鴻看見謝英眨了一下右眼。

他閉上嘴巴，舉起雙手，退到牆邊。

「沒事了，沒事了。」謝英走到吳彥身旁，伸手扶起他。忽然間，「喀噠」一聲，吳彥手上多了一副手銬。

吳彥瞪大眼睛，迅速抬頭，看著謝英，說：「你……你……」

「我們依法將你逮捕，你可以保持沉默或書面為自己而陳述，你可以選擇辯護人。」謝英說。

「你沒有證據，你亂抓人。」吳彥大喊。

「他身上有針筒。」段仕鴻說：「他就是傷害琬如的真兇。」

吳彥終於閉上嘴巴，因為就在下一刻，謝英從他身上搜出那個針筒。好幾名警察湧入病房，將吳彥羈押出去。

謝英轉頭，再一次對段仕鴻眨眨眼。

段仕鴻只覺得有千言萬語，卻一時不知從何說起，最後說：「謝謝。」

「是我糊塗，害你和琬如身陷危險，你應該要怪我，不該謝我。」謝英說。

段仕鴻搖搖頭，說：「不管如何，你相信我。」

「你也相信我，從我進病房門那一刻，你就相信我。你是一直想警告我，他身上有針筒，對嗎？」謝英說。

「所以當你掏出手槍，我就放心了。」段仕鴻說。

謝英走向病房門，忽然想起什麼，回過頭來，說：「對了，英禾街的那場大火，你不會剛好知道什麼吧？」

「不只知道，」段仕鴻說：「我還在那裡。」

第十六章──愛

「號外！號外！震驚社會的孕婦殺手連續殺人案，有了意外性的進展，前議員錢俞富被無罪釋放，而真正的孕婦殺手，竟然是年僅十五歲的男孩──吳彥。

更奇怪的是，警方稍早大動作搜索了周家宅邸，並逮捕周鈺扉到案。關於原因，眾說紛紜，目前最有可能的版本，是她編造了自己被綁架的事件，以陷害背棄她的錢俞富。

這樁錯綜複雜的謎團，真相究竟如何？本家新聞台已派出八名記者，在各處打聽最新消息。接下來，請聽三如分局的警察說法。」

電視響起一連串懸疑的音樂，畫面轉到了三如警局前，一名記者擠在人群中央，說：「好的，記者已經在警局前守了快三個小時，副局長謝英終於露面，對外說明目前情況。」

鏡頭轉到謝英身上，她和過去一樣板著一張臉，神情有些疲憊，說：「警方昨晚連夜偵訊，吳彥承認自己殺害了四名孕婦以及傷害一名孕婦，加上肚中的嬰兒，總共奪去九條性命。警方在吳彥家中地板下，找到他犯案時的手套，上頭證實有四名孕婦的血跡和他的指紋。兇手未滿十八歲，但因罪行重大，已交予檢察官求處重刑。」

記者們七嘴八舌，紛紛遞上麥克風。

「兇手狠心殺害孕婦，動機是什麼呢？」

「法律規定，十八歲以下，不得處以死刑或無期徒刑。那這個案子呢？」

「吳彥父母呢？他們不應該出來負責嗎？」

謝英一開口，人群立刻安靜下來。「他的母親在他三歲的時候，吸毒過量死了。他的父親經過警方調查，長年有家暴傾向，並且慣性賭博和吸食毒品，已經移送法辦。」

「這麼說來，吳彥是家暴之下的可憐人囉？」一名記者說。

「可憐之人必有可恨之處。」謝英皺起眉頭，說：「把自己的不幸轉嫁到別人身上，那是可恨，並不可憐。」

「那麼在議員花圃找到的兇器呢？」一名記者大聲說。

「那把兇器，證實是吳彥嫁禍。他在跟蹤目標被害人的時候，意外看見錢俞富和一名女子停在路邊爭吵，爭吵內容是關於『懷孕、流產、老婆發現』之類的，女子隨後甩門下車。他認出女子是網紅扉兒，知道自己發現了一樁見不得光的祕密。他本來打算對懷孕的周鈺扉下手，在她看完牙之後，一路尾隨她，卻看見她進入郊區的小木屋裡，吃下墮胎藥，在地上痛得打滾。」謝英說：「她既然打掉了孩子，就再沒有殺她的理由。然而，身為孩子爸爸的錢俞富卻有。吳彥暗自欣喜，擬定了計畫，決定將孕婦殺手的罪名栽贓給他。」

話聲一落，記者們的提問聲此起彼落。

「也就是說，扉兒說的綁架案，從頭到尾都是自導自演囉？」

「有人說扉兒早就死了，那是真的嗎？」

「你誤會了錢俞富議員，內心有沒有一些愧疚？」

「如果不是錢議員，那麼殺害周家管家的兇手又是誰？」

「警方大動作搜索周家，是因為這件事囉？」

「另外，還有一件重要的事。」謝英清了一下喉嚨，說出一句令全場寂靜的話——

「很不幸的，真正的周鈺扉小姐，在三年前就已經被謀殺了。」

那一剎那，全部的人都瞪大了眼睛，震驚之色寫在臉上。一名女記者摀住嘴巴，麥克風掉在地上，發出「咚」一聲響，大家才恍如大夢初醒。

驚呼聲此起彼落，瞬間更多問題像炸彈襲來。人們的聲音相互交疊，誰也聽不見誰說什麼。場面亂成一團。

「不可能吧？那現在的扉兒是誰？」

「怎麼可能？周家父母難道都不知道？」

「什麼？她是網紅欸，怎麼可能都沒有人發現？」

「我就知道，那個生日派對的意外一定有鬼，對嗎？」

謝英高舉右手，記者們終於慢慢安靜下來。

「是的，這三年來出現在鏡頭前的那張冒用臉孔，便是殺人兇手李菲兒。她和祖父經過多年的精心計畫，謀殺了周鈺扉小姐，並冒用她的身分活著。至於為什麼沒人發覺，可能跟三年前的住院發病有關係，她和父母、朋友都十分疏離，這也是她計畫裡的一部分。」謝英說：「他們本來住在周家舊宅旁邊，將被害人殺害之後，將屍骨鎖在廢棄的倉庫裡。而那間矮厝，正是三天前起火的地點，她的祖父死於那場大火。」

「你說的是英禾街那場大火？」一名記者插嘴說。

「她為了陷害錢俞富議員，偽造了自己的失蹤。失蹤期間，她一直躲在那間矮厝裡，祖父負責從周家舊宅偷來沒搬走的衣服，以及可以變賣的東西，供她吃用。而在假裝失蹤的最後幾天，她是真的絕食斷水，好用來取信警方和社會大眾。」謝英說。

「那麼管家——」

「管家因為發現李菲兒的真實身分，而死於她的毒手。」謝英說：「目前所知就這些事情，我們會在更多調查之後，說明後續發展。請大家趕快離開，今天不會再有任何的消息了。」

*

接下來幾天的新聞，都被「孕婦殺手」和「殺手祖孫」洗版。周家透過律師表示，已撤銷對錢俞富的告訴，並將密切關注後續發展，確保李菲兒得到應有的死刑。

黃筱怡更在麥克風前哭了兩次，說終於明白為什麼出院後的扉兒，跟她再沒有以前那麼親了，還處處刁難她，將她拒於門外。對於外界質疑她身為母親居然沒發現女兒死了，甚至問她是不是早就知道李菲兒身分，她則嚴厲否認。

Frank也成了媒體的大寵兒，人們追問他和李菲兒那麼要好，是不是多少知道一些真相？他則說那都只是照片而已，自己私下其實和李菲兒不熟，並且拿出即將發表的專輯，請大家多多支持。

「凱莉近距離」湧進上萬名支持者，和凱莉一同線上追悼周鈺扉的逝世。鏡頭前的她不斷拭淚，說自己一直覺得有什麼不對勁，偏偏又說不上來。三年來，她都懷念著她的老朋友。

儘管外頭風風雨雨，范琬如仍靜靜躺在床上，一如以往。段仕鴻守在她身邊，輕輕說著話。只有在這裡，他才能感受到一絲平靜，也才能夠睡得著。

門外響起「叩叩」的敲門聲。段仕鴻抬起頭，看見柯毅豪站在病房門口，右手拎著裝滿飲料的袋子，左手握著捲成一圈的報紙。

柯毅豪一看見他，皺起眉頭，說：「昨天才叫你要好好照顧自己，你怎麼又搞成這樣？」他走近窗戶，將窗簾完全拉開，房間裡頓時為之一亮。段仕鴻瞇起眼睛，用手臂擋住額頭。

陽光灑落在床邊的花籃上，上頭別著一張小卡，寫著：「早日康復。Frank和愛紗」。柯毅豪的目光在上頭停留了好幾秒。

「Frank送的。希望你不介意。」段仕鴻說。

「不介意，不介意。我前女友的男友和我的好麻吉變成好朋友，我怎麼會介意？」柯毅豪說。

「真的覺得礙眼，丟了就是了。」段仕鴻說。

「開玩笑的。阿鴻，你怎麼還是一點幽默感都沒有。」柯毅豪說：「你吃午餐了嗎？」

「吃了。」段仕鴻指著桌上吃剩的泡麵杯子。

「你又吃泡麵？早知道就不帶來給你了。」柯毅豪眼神掃過地上和垃圾桶裡散落的泡麵杯。

段仕鴻聳聳肩，不置可否。

「你這樣不行，跟我出去走走。」柯毅豪說著將他拖出病房。

兩人沿著走廊，來到戶外的陽台區。艷陽高掛，溫暖的空氣包覆臉頰，帶走病房裡的冰冷氣息。幾個人靠在牆邊抽菸。柯毅豪帶著段仕鴻走向另一側的花圃，黃色波斯菊開得正茂盛，蝴蝶翩翩飛舞。

「你看，只要你願意走出來，外頭天氣還是很好。」柯毅豪說。

「天氣很好，只是總是少了什麼。」段仕鴻說。

「人生就像一列火車，總是有人上車，有人下車。不管怎麼傷心，火車還是會繼續前進。你的人生還是要繼續前進。」柯毅豪說。

「她還沒下車，還沒！」段仕鴻大聲說。

「阿鴻——」

「不，你不知道。她今天動了一下手指頭，在我跟她說我有多想念她的時候，她流淚了。」段仕鴻說：「我想……她只是還沒準備好，準備好醒過來以後，面對失去小櫻桃的痛苦。」

想到小櫻桃，兩人同時嘆了一口氣。

「我……我從來不是個好爸爸，沒好好保護她。她還來不及看到這個漂亮的世界，就離開了。你說，她……她會不會怨我？」段仕鴻說。

「我想，她一定跟琬如一樣，又聰明又體貼。她知道你盡力了，不可能會怨你的。」柯毅豪說。

「我沒盡力，我從來就沒有準備好當一個爸爸。」段仕鴻說。

「沒有誰是天生準備好的，每個人都在邊做邊學習。所以我們會犯錯，但也會成長；會失敗，也會成功。」柯毅豪說：「那就是人生。」

段仕鴻抬起頭，看了他一眼，說：「你今天不太一樣。」

「特別有智慧嗎？你可以用力誇獎我沒關係，我撐得住。」柯毅豪說。

段仕鴻終於笑了一聲。

柯毅豪將手中一直握著的報紙，遞給段仕鴻，說：「我只是不希望再有這樣的事情發生。」他拍拍段仕鴻的肩膀，轉身離去。

段仕鴻找了一張長椅坐下，攤開報紙，左下角有一小塊標題寫著：「周鈺扉生前男友江衛君留遺書上吊自殺」

段仕鴻心中一沉，一時不敢置信。這社會已經還了他公道，為他洗刷冤屈，他卻在這個時候選擇離去。

段仕鴻閉上雙眼，又重新睜開，再看了一次，確定自己沒有看錯。

「江衛君是周鈺扉生前男友，也算是李菲兒手下的受害者之一。她在三年前偽造了江衛君『暴力男友』的惡名，藉此跟他分手，以免自己的身分露出破綻。

然而，這個惡名卻害得江衛君被網友咒罵、抵制，本來演藝生涯大好的他，因此失去了演員工作，甚至再也無法打入演藝圈。周家錢多勢大，也造成他找工作上的麻煩，最後只能在一間小修車廠打工。

昨日晚間，他的同事因為多日沒看見他，於是前往他家關心，卻在地下室發現他上吊自殺，已經死亡多時。僵硬的屍體還抱著周鈺扉生前的照片，並在一旁留下了遺書，寫著：『扉兒是我一生的摯愛，也是我生命的意義。原來，三年前的分手，是真的分手，是生離死別。她早就走了，我卻還這樣貪婪的活著。現在我才懂，那些惡意的待遇都是對我的懲罰，懲罰我沒有跟著去陪伴她。我曾經答應她，到死都要跟她在一起。但是我沒有做到，她死了，我卻還活著。她一定很孤單，一定很生氣，她已經等了我這麼久，我怎麼捨得？再見了，這充滿惡意的世界。』

據了解，江衛君在分手後仍對周鈺扉念念不忘。在他的地下室裡，貼滿了周鈺扉的照片，抽屜裡也藏了好幾本她小時候的日記。三年前的分手，對他而言，是人生的一大打擊，而得知周鈺扉的死訊，更讓他再也生無可戀。

警方已調查死因，確定為自殺，全案已完結。」

段仕鴻呆呆望著報紙，沉默了許久。

這一切的罪惡起源，都是源自於愛。愛一個人，是付出、佔有、陪伴、或是什麼？愛是美好的種子，也是毀滅的根源。可以讓人圓滿，也可以使人殘缺。然而這世上，又有誰真的懂怎麼愛一個人？江衛君對周鈺扉，是寄生的愛；李菲兒的祖父對她，是盲目的溺愛；李菲兒對錢俞富，是毀滅的愛；吳彥對母親，是永遠得不到的關愛；而他對小櫻桃……是愧疚又遺憾的愛。

段仕鴻坐在原地，想了很久很久，終於起身走向病房。房門打開，剎那間，他幾乎不敢相信自己的眼睛——

范琬如坐在窗前，午後的陽光打在她蒼白的臉上。她一手撫摸著肚子，一手拿著那條織好的櫻桃花色三角帽，靜靜的看著。

在她身上，時光彷彿停止了流動，只剩下她和她的悲傷。

「琬如，琬如！」段仕鴻快步上前，將她擁入懷裡。她用冰冷的手臂回抱他，頭輕輕靠在他的肩上。

那一瞬間，彷彿有千言萬語，卻又一句話都顯得多餘。

「你回來了，我再也不會走了。」段仕鴻說。

（全書完）

要推理83　PG2497

要有光
FIAT LUX

牙醫偵探：

網紅迷蹤

作　　者　海盜船上的花
責任編輯　喬齊安
圖文排版　黃莉珊
封面設計　王嵩賀

出版策劃　要有光
發 行 人　宋政坤
法律顧問　毛國樑　律師
印製發行　秀威資訊科技股份有限公司
114台北市內湖區瑞光路76巷65號1樓
電話：+886-2-2796-3638　傳真：+886-2-2796-1377
http://www.showwe.com.tw
劃撥帳號　19563868　戶名：秀威資訊科技股份有限公司
讀者服務信箱：service@showwe.com.tw
展售門市　國家書店（松江門市）
104台北市中山區松江路209號1樓
電話：+886-2-2518-0207　傳真：+886-2-2518-0778
網路訂購　秀威網路書店：https://store.showwe.tw
國家網路書店：https://www.govbooks.com.tw
總 經 銷　聯合發行股份有限公司
231新北市新店區寶橋路235巷6弄6號4F
電話：+886-2-2917-8022　傳真：+886-2-2915-6275

出版日期　2021年2月　BOD一版
定　　價　260元

國家圖書館出版品預行編目

牙醫偵探：網紅迷蹤 / 海盜船上的花作. -- 一版. -- 臺北市：要有光, 2021.02
面；　公分. -- (要推理；83)
BOD版
ISBN 978-986-6992-63-6(平裝)

863.57　　110000579

讀者回函卡

感謝您購買本書，為提升服務品質，請填妥以下資料，將讀者回函卡直接寄回或傳真本公司，收到您的寶貴意見後，我們會收藏記錄及檢討，謝謝！

如您需要了解本公司最新出版書目、購書優惠或企劃活動，歡迎您上網查詢或下載相關資料：http:// www.showwe.com.tw

您購買的書名：________________________________

出生日期：________年________月________日

學歷：□高中（含）以下　□大專　□研究所（含）以上

職業：□製造業　□金融業　□資訊業　□軍警　□傳播業　□自由業

□服務業　□公務員　□教職　□學生　□家管　□其它_____

購書地點：□網路書店　□實體書店　□書展　□郵購　□贈閱　□其他

您從何得知本書的消息？

□網路書店　□實體書店　□網路搜尋　□電子報　□書訊　□雜誌

□傳播媒體　□親友推薦　□網站推薦　□部落格　□其他__________

您對本書的評價：（請填代號　1.非常滿意　2.滿意　3.尚可　4.再改進）

封面設計____　版面編排____　內容____　文／譯筆____　價格____

讀完書後您覺得：

□很有收穫　□有收穫　□收穫不多　□沒收穫

對我們的建議：________________________________

____

____

____

請貼
郵票

11466
台北市內湖區瑞光路 76 巷 65 號 1 樓

秀威資訊科技股份有限公司 收

BOD 數位出版事業部

（請沿線對折寄回，謝謝！）

姓　　名：＿＿＿＿＿＿＿＿＿　年齡：＿＿＿＿　性別：□女　□男

郵遞區號：□□□□□

地　　址：＿＿＿＿＿＿＿＿＿＿＿＿＿＿＿＿＿＿＿＿

聯絡電話：(日) ＿＿＿＿＿＿＿＿＿＿ (夜) ＿＿＿＿＿＿＿＿＿＿

E-mail：＿＿＿＿＿＿＿＿＿＿＿＿＿＿＿＿＿＿＿＿